我在度切这深夜

贾桃桃 著

世纪出版集团 上海人民出版社

上海世纪文睿文化传播公司 出品

大一下，写完最后一次独幕剧作业，4 月 17 号的凌晨 4 点 26 分，我发了这样一条微博：

"其实此刻的天空是最好看的玫瑰色。每次通宵码字时，都会想起那些曾一起通宵看到天亮的人，那在极度疲惫与亢奋的交界虚弱的对视。无论对方是多么面目可憎都会在那一刻仿佛逼近爱。如果我们关于爱追求的都是了解，都是只要在一起就能互相安慰的感觉，那么那一刻的感同身受、柔弱，与依靠时的温情，将人击碎。"

我赞同这么一句话：我们这一生，对于任何事所做的所有努力，都是为了获得爱。即便我从来没有说过我爱你、从不知什么是爱。

写作是最大的冒险——创作时快乐与痛苦太剧烈，人于是变得渺小、迷茫，什么都可以被说服——迷人的是，风浪过后，玫瑰色天空下，两张脆弱的面孔相对时所产生的，爱的幻觉。

——贾彬彬

目录

勾
魂

阳光照到湿漉漉的房檐上，还没干透的苍蝇在光影下被染成金溜溜的，一坠一坠地飞进房里。它停在了床尾挂着的灯笼纸上，略一惊动，就直冲冲地往前栽，栽到一片软而短的发丛里。

发丛偏移了两下。发丛之下的一张脸陷在层层叠叠、黯淡无光的肉褶子里，隐约可见地角与天堂尖削的轮廓，垂下来的眼袋与面部肌肉像是被渔网勒出了深深的下陷，在骨架与脂肪中分割掉这张脸。

他年轻时——第一次提起灯笼走在街上喊词时，有好人家的女孩子从河边淘了米回来，捧着盆靠在门上笑笑地瞧着他看，坐在门旁小板凳上的老人摇着蒲扇就为他预言，"你别看那个杨守成喔——脸尖成这个样子，哪里兜得住福气哟。"这个镇上的人总是富有远见的，即便那时候他还面庞饱满。

一晃过了十几年。他现在依然是尖小的轮廓，横肉却忽然在骨头与骨头的罅隙间膨胀了起来，像是之间一格一格埋藏的气球忽然吹了起来，但口子没扎稳——或许还是兜不住，气懈下去，青紫的面皮千层百褶地塌着，他看起来变成了一个滑稽的老人——刚过五十罢了，杨守成似乎老得太快。

用镇上人的话说，他干的这行阴气重，催命——杨守成的父亲也是刚过五十就醉陶陶地死掉了，留下一个勉强能遮风避雨的房子和几罐没来得及开的酒。杨守成的生活似乎也应该向着这个预言所展现的那样滑去，但那时候年轻，偏不服气。老人们是最有耐心的，摇着蒲扇等待着，看着他把上不来台面的营生同合伙的一起干得红火,娶妻,生子。杨守成的好日子到了这里。虽然后头潦倒起来,妻子有莲死于交通意外,儿子杨明同合伙的去了城里没再回来,好在当初那些等待的老人家一一作古。有莲死后他老得狠起来,没几年头发全白了,胖得难看——如果被那些摇着蒲扇的老人看着了,说不定都要咬紧牙关等着和他一起上路。他不再在镇上走动了,倒是有莲的艳影常活在镇上人啧啧声后的回味里——那白皙的长颈和华泽圆润的肩膀,啧。

这厚重的脸转动了一下,杨守成睁开了眼睛。

新的一天从此开始。

杨守成坐起身来,发现儿子杨明就坐在床尾的椅子上。桌上一边放着红灯笼,另一边摆着鱼竿。那张和他年轻时并无二致的面孔嘴角微微下沉地望着他,确凿无疑地就在眼前。刚清又起的浓痰沉沉地挂在喉头,杨守成无奈地微微甩甩脸,再睁开眼睛时,一片小影子投在了身前的被褥上。杨明慢慢地俯身下来,敲了敲杨守成身下的床板,咚咚。

杨守成像是被鱼骨头卡住似的,脸胀红了,用力咳嗽起来。杨明慢慢直起身,又看着他,"还咳得出来?"

杨守成不禁伸出手去。手刚伸出去,杨明袖管一移,身子就撤到了桌子前,一手提着灯笼,另一手拎起鱼竿。"怎么回事!"杨守成一面咳,一面低声叫起来,然而杨明已经三两步走到了门口,一把将门推开。有些锈掉的木门发出冗长的嘎吱声。杨明站定了,朝外放开嗓子:"杨家老爷子时候到啰——明灯指路,保一路平安嘞——"

这房子在矮坡上,坡度一路和缓绵延,每每做活前一喊,坡下十里八家没有听不到的——这是他最熟悉的一句话。

阳光照在杨明脸上，根根分明的睫毛像是有羽翼透明的蝉附着，他回过头来朝着暗沉沉的房子，脸也渐渐湮灭转灰。杨守成以弯身趴着的姿势抬起头来呆愣愣地看着他——由于腰的关系，他有五六年做不了这样的姿势了，这让杨守成的样子显得有些不合时宜又呆呆傻傻。杨明开口说："走吧。"杨守成犹在不相信与不甘心的情绪中，光照进来倒把脸照得惨白，"这怎么回事……"但杨明拔腿就往外走，杨守成不能控制的身子，已经跟着杨明的步子走了出去。

——"魂不管看不看得到，勾魂都是实实在在的我们在做的事。等你走这条路的时候，你就会知道后头有鬼神跟着你。"杨守成的父亲第一次带着他迈出家门喊词做活前，跟他这么说过。杨守成低头看着自己的脚步迈出门槛，踏到金灿灿的日头底下，像是没着地似的。他心里有什么着地的声音，沉甸甸的，确凿的。

杨明脚步稳当地走在前面，一路下坡。坡拐弯处一排排的榕树密密挨挨，榕须一路垂下来搭着杨明的肩头、挂着头顶。杨守成却毫无感觉，他太老了，早年有莲嫌他无事时整天蜷在家里老来驼背，结果四十刚过背真的一点一点弯了起来。杨守成抖擞着肩膀。

他俩心照不宣地接受了现实，不再探问，保持着合适的沉默，让两个人各自保持应有的情绪。

缓坡下去了，榕树少了起来，不宽的直路两旁是零星的几家屋子。阳光铺下来直直的，像是看得到金黄色的光面，把红彤彤的灯笼纸都照成了暖澄澄的橘色。勾魂是喜事，送人去见佛转世的，不能见白，不然鬼神都不高兴，会把人拉到地狱去。

杨明沉沉地喟叹一句："天气真好。"

杨守成双唇紧闭。醒来看到杨明时，背靠着床板抖得咔咔响，那声音还在脑海里——一夜之间！他不理杨明的话茬,他们也习惯了沉默的——他有心情和杨明说话时杨明还不会说话,等到杨明会说话了,两个人闭嘴时的眼神都像是拉满了弓的箭,满腹的鬼胎偏偏两个人都心知肚明,要开口倒是难事了。杨守成心里是有疑惑,但很快他认定了答案是李勤,这场无声的拉锯战最后是这样的结果。就像镇上那些自大的老人们忘记了最后只能是他杨守成为他们送行勾魂,他和他们忘记了死这件事。于是疑惑变成了愤怒,然后是沉默地接受。

杨守成并不信鬼神。但这个镇上需要有人勾魂,而且只是杨家。杨守成的父亲的说法是,上天恩赐,他们开有天眼,才能为鬼魂指路。他从小就拿着钱奔波在家到小酒馆的路上,一路上哪怕两手空空路人都避之不及,父亲醉醺醺地和他一起回去,看见小孩子躲在树后头望着他们就笑起来,说:"你看他们都晓得躲,怕冲撞了神灵。"父亲歪着头靠着他,热乎乎的酒气喷了他一脖子。父亲喜滋滋地说:"我们和神灵可是一样的呵。"

镇上没有哪家不烧香供佛祖,就像需要佛像一样,他们需要着勾魂者,来带他们去见佛祖。这个习惯不知道哪朝哪代传下来,但人人嘴里都会念两句,人死若不及时安放就家宅不宁,善人勾了去天堂,恶人勾了下地狱。但凡有家底的都要把这勾魂送行路做得好看些——这道理是李勤告诉他的。有一次他勾魂回来,路过河边,闻到一阵香味,一丛火苗上夹着一条烤鱼,一个光溜溜的脑袋泛着光,那光头佬朝他挥挥手,说:"哎,勾魂的吧? 过来吃鱼不?"那就是李勤。他之前听说过,一个外乡人,以前好像还当过和尚。不知道怎的来了镇上,平日里也就打打鱼来卖,独来独往。杨守成在镇上也是独来独往,但说好听点,那是因为镇上人对鬼神的忌惮。一顿烤鱼后,两三顿烤鱼后,李勤就把他说通了,勾魂也推出了豪华版。讲点排场的,杨守成就带着李勤,李勤再叫来附近一些同是当过和尚的光头佬一起来送行,若排场再大,还能坐车去请八宝山的真姑子和真和尚。和尚姑子给点人头费,杨守成和李勤谈得来,又爽快,就五五分成。那是杨守成最风光的一段日子,勾魂上路时他走前头,左手灯笼、右手鱼竿地喊词,身后一路和尚姑子低着头念经,四处飞着白纸银钱。李勤就跟着他后头敲木鱼,满街的纸钱独独落不到他俩头上。若是人缘好的或是镇里什么大家,便求了一路的人家全挂起红灯笼来,照得路上红影晃荡,像是满天满地的飞花,那才好看。看家境,有送八里的,有送十里的,往山路送,送到了围着念词,把送陪的东西烧了,拿个死者生前的贴身物件,用绳子往高处一绑,燃个炮仗朝天抛,白纸炸下来,就算了了。有过一次直直送到了山上墓地,风水极好的位置,十八里,嚯唷,回去后有莲都唱叹说:"电视里说,十丈软红尘,在后头瞧着还真是。"

但勾魂人自己就不同了。勾魂人为死去的勾魂人喊词上路,就不得一点铺排。勾魂一家子传承,为老勾魂人勾魂的往往就是儿子,都说天眼是在这时候才传到小的身上去,送行的一路就不得一点惊动,谁都陪不得。莫说邻居,十里八乡都要房门紧闭。父亲对杨守成说这也是考验,到时候一个人在路上,走得多远就看得出新上任的本事了。杨守成大咧咧问:"怎么是一个人,开了天眼难道不是看得到魂?"父亲在他的酒窖里扒拉出一坛酒,吧唧道:"到时候你就懂了。"为父亲送葬的时候,杨守成果然怕得要死,虽然他没看到父亲的魂。这个镇子像忽然空了似的,一路上风吹得树叶瑟瑟有声,红灯笼摇来摇去,手在冬风中像一寸寸皮肤都皲裂了一样的疼。他抖得厉害,平时五分钟走的路他走了有一辈子那么长,最后身后有风一吹,大概是树叶往他后脑一砸,他膝盖一软就跪了下来。勾魂人勾魂时可以说话,但不能回头,不然自己的魂就没有了——他撑着不回头看。杨守成估摸着路,才走了不过五里,这时候回去,这营生也不用干了。身后怪声阵阵,他硬着头皮连爬带跑,已经近了铁路,再过去就是大公路了,这时候一个白花花的人影披头散发地出现在铁轨边上。

后来他就把有莲捡回去了。

如果真有天眼,为什么他为父亲勾魂时他就看不到父亲的魂?如果没有天眼,现在他为什么又看到了杨明?杨明怎么能这样真真地看着他?

一路寂静。杨明步子走得稳稳当当,他跟在后头像是一条刚被吊上来弯身驼背的死虾。

大概这崽子可以走上好一阵,杨守成悻悻地想,这比当初好太多了,他四处打量着,这个镇子还是没多大变化,邻里不过也就补了补墙,就像街上平添了几个补丁。春联换了,不过也没人会去看,木门还是旧木门,锈气霉气都爬到了从不更换的门神图上。镇子里人越来越少,有出息的都往外跑,有莲死后活更是忽然少了起来,他也越来越不爱出门,现在走在街上就像鬼魂爬回人世一样。

路过小诊所的时候杨守成盯了许久,门紧闭得一点缝隙也没有。诊所里的这个医生姓江,比他小不了几岁,瘦得很。二十几岁才来的镇上,据说是隔壁镇上一个傻女人的野孩子,斯斯文文的看着像读过书的,大家总议论说怕是城里人的种子。杨守成干的是接鬼不接人的营生,除非家里有人死才有人把他当佛祖一样捧着求着,素日里老人家带着小孩出门看见他也要绕远些走,怕小孩子沾上点阴气会得病,除了李勤外唯这个医生平日里还会与他说两句话。姓江的爱趴门缝,从门缝里看到他总开门叫声杨大哥,请他进去按摩两把,推了两把就开始恭维起来,原来是问风水。杨守成信口胡说,不久却听说他给母亲移了坟,诊所的生意也渐渐好了起来。姓江的少不了夸赞杨守成的神功,然而镇上人却因为这多起来的病痛责怪起杨守成来,对他更多几分鬼神的忌讳。杨守成一肚子冤屈说不出。不多久姓江的喜滋滋地来问他亲事,两家有意把姑娘许给他,杨守成就故意吓他漂亮些的那个八字带克。姓江的娶了丑妻,借了娘家的势力,多买了几块地。日子一久,却又听说那丑姑娘是个浪货。杨守成一日干了活回来,看着那丑女站在诊所后头的杂货店里,翘着肥坠坠的屁股笑嘻嘻地拦着那鳏夫老板说话,心里也就信了几分。姓江的心里大概也憋得慌,路上见了还皮笑肉不笑地叫他一声,只是平日趴门缝看到他也不再招他了。等镇上传遍了他戴绿帽子时,杨守成也顾不上得意,只忙着照顾捡回来的有莲了。但牵着有莲路过诊所时,看着她长裙飘飘的裙角扫过大门前,她肩头圆润润的像珠子似的,哪怕诊所门紧闭也像是能透得进这艳光的。

哪怕一路上的大门都闭得紧呢。

路上的房子密起来,也见了几栋独层的楼了。一座一座的,铁门关着,连窗户也关着。孤单单的路上倒看得见一只狗在走,狗脖子上拴着绳子,绳子还是新崭崭的。但主人却不知道跑到哪里去了。杨守成四处看了几眼,也不见个人影。

"你看看……"杨明忽然开口,"真可怜……我小时候就想,如果我不是你儿子就好了。小时候我就想。"

他们走过去。那狗站停，看了杨守成一眼，汪地叫了一声，看向了别处，像是发呆似的立在那。

杨守成勃然大怒，浑身的肉抖了个激灵，然而他却忽然想到了什么。一个月前，他针灸完从诊所出来，门还没踏出去就听到姓江的在那捏声捏气地说："这种损阴德的——老婆死了魂也不勾，一把烧了。我要是他儿子，也是这辈子都不要见他。魂也不帮他勾，下地狱去吧。"回去后他腰痛得几天下不了床，便血也更加严重了。

杨守成牙齿咬得咔咔响，没有说话。他回望了一眼那个小诊所，定了定神。闷声跟在杨明后头。

杨明又说："你自己过得跟鬼似的，偏偏还要拖着别人……"

"是吗？"

"不是吗？"

杨守成盯着杨明的后脑勺，脑子里晃晃悠悠浮现出李勤那光秃秃的头颅来，"你手里拿着灯笼，这是你可以选的吗？"

杨守成小的时候，有一次拿钱去酒馆子接父亲回来时，瘸腿的店老板开玩笑地逗他，"守成出息啊，长大做勾魂委不委屈啊？"他张口就说："我不要做，我才不做。"醉得趴在桌上的父亲忽然地就站了起来，像是拔地而起的山一样，啪的一巴掌把他打翻在地上，说："我们家的人，生生世世就是要做这个，你还想做什么？"他趴在父亲宽宽长长的影子里，父亲狠狠踹了他一脚，打了个酒嗝就倒了。他痛得起不了身，在地上打挺，最后还是店主人把他们俩留到父亲酒醒才打烊。父亲一眼也不看他，店主人瘸着条腿蹦蹦跶跶过来，递上碗茶赔不是，说自己说错了话，宽慰道："守成现在才多小，过几年怎么样还不一定呢。"父亲茶也没接,调头就走了,回家掀开床板,下头是半米高、一两米长宽的凹槽,摆满了酒坛子,那是他的小酒窖。父亲再也没去过酒馆子。过几年,他为父亲勾魂,几百所民居,只有酒馆子前摆有一坛酒和几碟瓜果——虽然门也是紧闭的。又过几年,杨守成从酒馆出发,为这个店主人勾魂。他自己掏钱,请了八个和尚,他叫词叫得极响,第二天嗓子都倒了,有莲抱怨了许久。

杨明沉默了很长一阵子。如果有的选,谁愿意做这个?

杨守成有些困倦的感觉,极想抽根烟。他觉得大概会走很久,毕竟杨明把他放下了就可以回去,那他呢?杨守成有些兴趣索然,说:"少说话,这是你的第一趟活,你得走远些。你想好把我放哪了吗?当初我就把我爸放到酒馆子旁边的荒原上。"

杨明脚程好,杨守成没了身体的负担也就跟着,房子渐渐少了,草越来越长,前面长长的野草后头还飘着一点白花,认得出快到河边了,杨守成已经颇为满意了。

哪晓得杨明步子却忽然停了下来。

"你干吗?"杨守成责问。

"你先等等。"杨明说,他自己却朝河水走过去。

"你疯了?"杨守成叫着杨明的名字,"没有这样的规矩,你在做什么?"

杨明晃悠着手里的红灯笼。杨守成心里已经明白了几分,直骂杨明猪。杨明却已经放开嗓子,"杨家夫人时候到啰——明灯指路,保一路平安嘞——"杨明年轻,气足,他最后一口气拖得又长又响。杨守成心里恼了,"你这笑话闹给活人看呢,还是给死人看呢!"

杨明喊完了,毫无动静。他歇了口气,等了等,又高声喊了一足遍。

"丢光了脸……"杨守成气得牙齿打抖。

杨明站定在河边,站了好一会。风吹得他那宽衬衫的后背鼓鼓囊囊的——大概也是李勤给他的衣服。

杨明侧过身子往回走,杨守成瞥见杨明眼角像是闪闪的样子,呸了一声,"真不是个男人。"杨明不作声地直到站回了原处,却不动了,"你这样对妈妈你又是男人了?"

杨守成又光火起来,反而笑着点点头,"你充什么大头呢杨明?你瞧不起勾魂的瞧不起我,你又能做好什么?我是勾魂的,可以直接上路。旁人要勾魂,不说你妈死了这么些年还勾不勾得上来,就算是该勾,是从这条河这儿勾吗?"

"可我就是把骨灰撒在这!"

"骨灰算个屁!你知道勾魂要勾魂人贴身放着死者的贴身物件吗?你有吗?你就和当初一样,屁都不懂。"

杨明哽住了。

杨守成骂骂咧咧了许久才自己停下来,杨明的肩膀还是看得出些微的抖动。结果杨守成一停,杨明却已经放声哭了出来。

杨守成一声冷哼,现在晓得哭,没出息,当初那一顿怎么没把你打聪明。

太阳晒得人影发虚,衬得日头下的一切都静悄悄似的,包括这一条河。河水一波波一纹纹地淌,河岸线湿漉漉地泛着微光,什么都悄无声息,只有芦苇摇来摆去,有绒绒的声音,像是雪花擦过耳背,若有若无。芦苇长长了那么多。最开始的时候,岸边也就一片野草,李勤随便清了块地搭棚子住,停着艘木船,架着破渔网。后来跟着他有了点钱,不知道哪来的奇思妙想,买了个电视机,他有时候带着有莲和杨明一起烤烤鱼吃——野草也就刚没过船沿那么高。有莲死后,芦苇倒是长了起来。后来他跟着杨明跑来过这两次,野草也就杨明蹲下身那么高,杨守成站直了身板一眼就可以抓着领子提出来。第一次在有莲头七那天,杨守成找杨明找了一大圈,跑来河边,才发现一丛丛的芦苇里杨明蹲在河边,手里的骨灰已经撒了个干净。杨明惊恐地看着他,眼睛瞪圆了,看着他一只大手伸过来。灯笼倒了,鱼钩子把杨明嘴角勾出了道子,杨明满面的又是泥土又是骨灰,杨明像是屠宰场被捉住的猪崽子一样又跳又嚎,四肢乱舞。李勤踹了灯笼一脚,直直看着他好一会,转身走了。杨明还在他胳肢窝下叫着,李叔叔,李叔叔。第二次的时候,杨明还没跑到河边,杨守成就已经赶上了,一个膀子打过去。那时候他已经提不动杨明了,略一使劲腰就疼得不行,只用臂膀环着杨明夹着他往回走,一面走一面一脚一脚地踹,踹得咣咣有声。杨明尖利的下巴抵着他的手臂转啊转地摩擦,还感觉得到他嘴角的凹痕,他肩膀的包袱滑到手肘上,杨守成低头提起来,看到杨明的眼睛,黑洞洞的。那晚他还没见到李勤。那晚之后,杨明和李勤都消失在了镇上人的眼里。

——当初他倒不哭。

"你走不走?"杨守成偏开头催促道。

杨明背对着他,显然是捂着嘴或者咬着手,肩膀仍是抖,蜷成一团,好一会才舒展开来,嗓子干涩,"妈妈……"

"别提这个。"杨守成说,"我就要走了,你让我安心走。不然你就别送了。"

杨明一动不动,什么也没说。他那衣服,灰扑扑的,此刻就像一个木桩打在杨守成身前。

杨守成也怔了许久，叹口气，"你可以不送。然后你想做什么就做什么去吧……我不怪你，你也不要怪我。你可以离开这了。"

杨明像是有些不可置信，身子欲动，杨守成喝了一声，"别回头！"杨明顿时身子扳回去，但却像萎了的植物一样松着肩膀。

"规矩还在。你可以不做，但是……"杨守成像要安抚似的，但他从不说这样的话，所以不大自在。他从不爱说话，今天已经说了太多，比他一年说的话都多，比他日渐衰弱的身体还要力不从心。

杨明脚底转了转，空心的草枝碾碎的声音清晰可闻。他像是彻底平静下来了，"走吧。"他慢慢向前走。

杨守成跟在后头。他也不知道接下来会是什么样。但河边很冷，看着这种萧条的样子都能感觉冷……上一次和杨明走这条路是有莲还在的时候。他的脚踩着杨明的影子，正好踩着杨明的头顶。

杨守成看着河边，做出些感慨的样子，"以前河水比现在清澈些。城里人排污水把我们这都弄脏了，镇里人还往城里跑。还是过去好一些，过去的人也好一些，水也好一些。"

杨守成像是陷入了一些愉快的回忆似的，但实际上他脑海里也只是很琐碎的一些片段，和谁说过一些话、一起做了一些事——大多数时候他是封闭的一个人，大概和人相处的时间只占到他五十年生命的百分之五，或者更短？其余都是沉默的，漫长的黑夜，身前摇晃的灯笼与身后摇晃的鱼钩。那些鬼魂如果真的有，自然也不算在内。但是这百分之五里已经包含了他活这一世体会的所有情绪，就像终点噼里啪啦会点燃的炮仗一样，然后嘣地炸掉，他也就结束了。

杨明无动于衷地走在前面，不仅不说话，反而脚步更快了一些。

杨守成说:"你之后要出去吗? 去城里面吗……城里面有什么好,你又没读什么书。你看不起勾魂,但这活可不是人人都能干的。"

杨明依旧没有说话,只是快步走着,灯笼摇晃摆动的幅度更大了,晃得杨守成眼睛都有些花了。他头上根根分明的乌钢针一样的短发冒出汗来,显得油津津的。

杨守成说:"随你吧,只要你不去找李勤……我做鬼了在天上盯着你。"

杨明一声不吭,却忽然由快步走变得跑起来。杨守成叫起来:"没有这样的规矩! 你……"杨明跑在前头,冷不丁地说:"你凭什么去天上? 好人才会勾上天。你知道我要把你放在哪吗?"

说话间杨明三两步地已经跨上了一个土坡。"啊……"杨守成叫了一声,已经无法阻止,杨明飞快地跑下了坡,一个长长的缓冲地带。

"你不敢……"杨守成这么说着,但身子根本无法逃避地缓缓升到坡上来,正不断向黄色的泥土与灰色的混凝土交界靠近,杨明就站定在灰色的中点。

终于,父子俩站在一条宽广的公路前。只有这里才会有地方修那么宽的路咧,停下来的司机曾经感慨,足足有五十米宽。风吹得衣袖哗哗响。久久才有车声。

公路上空空荡荡。

杨明放下了灯笼。杨守成嘴唇动了动,没说什么。杨明回过身来,杨守成还是呆呆的,也没有指责。杨明嘴唇上留下的那个道子已经变得很浅,像是一片布料上缝合得略微粗糙的地方。杨守成看了杨明的脸好一会,杨明垂下眼睫又抬起的一会工夫,他认真地看了杨明的脸许多遍,就像是许久不写字了忽然写起来,觉得横竖之间总有那么一点不对。

杨明用鱼竿指着杨守成,说:"要不是为了问个明白,你以为我会给你勾这个魂吗?"

杨守成木着一张脸:"反正你不能去找李勤。"

杨明咬着牙,"是不是你……"

"你发毒誓,赌咒说我过身后不去找李勤,把有莲的魂勾来和我一起,我就告诉你她贴身物件放在哪里,不然……"

"呸,"杨明狠狠啐了一口,"杨守成,你就是个神经病。神经病!"

杨守成毫无表情地望着杨明,眯缝起眼睛。有莲也曾经这么说。

他把她捡回来,她从来都是乖顺的,肩膀总是垂着。李勤曾经宽慰他,城里人,读过点书的女人都这样。有莲就像仙乐,飘进了这个从不闻丝竹之声的小镇,她袅袅婷婷在街上行走一圈男人女人们就晓得了胸为什么是胸,腰为什么是腰,就像是明白男人为什么要和女人在一起这样哲学的问题了。没有人不嫉妒他的,只能在啧啧声后说,早晚要回城里去的,留不住。

但有莲却留下来了。她身子不好,杨守成就给她安了个炉子。柴火烧得噼啪响,有莲的脸庞映红了,她说过自己的故事,她说城里也不是都好的,她被父母安排给一个年老的商人,她就逃上了火车,一路躲着查票的,最后在这里被赶下来了。她说:"我能不能不走啊。"

结婚的时候，杨守成把通往家的一路都挂上了彩带子，直挂到姓江的诊所门口，姓江的从头到尾门都不敢开，李勤帮他挂好带子下来，哈哈大笑，说看到姓江的在屋里气得走来走去，拿臭婆娘撒气反倒被骂了个狗血淋头。姓江的是那舌头上没积德的，婚还没结，已经为这事挑唆了一路的邻居，把他和有莲骂得要死。有莲也不生气，她一向好脾气，反而让他去买了几张红纸，她自己裁了，工工整整地写了请帖。请帖发出去毫无音讯，到了晚上李勤倒是领着一帮光头佬提着鱼来道贺。镇上人背后都朝他们吐痰，说："过几年——等着看吧，过几年，就不信她不回城里。"

过了几年，有莲生了孩子。去李勤那吃饭时，李勤都忍不住说："带孩子回城里看看父母吧，坐车也行，划船载你们也行。"杨守成粗声说："她不想回去。"有莲也不说话，安安稳稳地坐着哄孩子。

镇上人八卦的根源在哪，自从那群摇着蒲扇的老人一个个地死掉后，杨守成也不知道了。但很快地，镇上人背后吐痰的对象里又加上了李勤。杨守成倒是从没有过地笑了起来，但那笑却带着倒刺，勾出一脉的奚落和怜悯似的。

记忆里，就那一次，有莲发了火。她摔了碗筷，说："杨守成，你是不是有病啊？"然后转身就往外走。杨守成抓住她手，"那么晚了你走去哪？找李勤？"有莲随手抓过门边的一把铁锹往他身上一砸，"是啊，我带上明明走。"然后她就跑了，她穿着一身黄嫩嫩的裙子。

第二天她回到了他的门前，裙子都已经脏了。他从门缝里瞥见，然后很快又不见了，被杨明怯怯望着他的样子挡住了。李勤望着他，"江医生昨晚被叫去做的鉴定，的确是车撞死的。你去公安局一趟做个笔录就行。"李勤停一停，露出嫌憎的表情，"杨守成，你真是有病。你活该。"李勤走了。杨明蹲在有莲旁边，还回头叫着李叔叔，李叔叔。

镇上从那天传出消息，杨守成说李勤命里带煞，八字带克，庙里都不敢留他，这回把杨守成的老婆都克死了。镇上没有人不相信杨守成的神功，一来二去，传得卖猪肉的都不敢卖肉给李勤。有莲七七没过多久，李勤就走了。镇上人说，李勤把杨明也带走了。杨守成沉着脸，说："儿孙自有儿孙福。"

人都走了那么久了，杨守成也不愿意回忆了。那夜有莲砸下来的铁锹砸断的脚趾骨，阴风下雨仍是痛，年复一年，越来越痛。

"杨守成，你就是想拴住我、拴住妈妈。你这个自私的无赖！"杨明不依不饶。杨守成还是无动于衷的样子。杨明一脚踹翻了灯笼，仍然气不过，跳起来把灯笼踩破，一脚一脚踩碎为止，"勾啊！勾啊！他妈的。"

杨守成咧开嘴笑笑，"随便你。反正我已经一了百了了。"

灯笼用久了，竹骨都发黄了，红纸零碎地散落着。

杨明喘了口粗气，说："李叔叔还活着吗？"

"我怎么知道，"杨守成奇怪地望了他一眼，"反正这附近没有人叫我给他勾过魂。"

"死了你就会给他们勾魂吗？你也没给妈妈勾魂啊。反正你也把李叔叔逼走了。"杨明望着他。

"你什么意思？什么叫我逼走的？现在这样都是他害的，他带你玩了几年泥巴你就把他当成亲爹了，你不就是埋怨我没让你跟他走吗……"

"是你害的！"杨明红了眼打断他，"是你说他八字带克，江医生都告诉我了。"

"全镇的人哪个不知道他们俩好了？我没有亲手勒死他们我已经够好了。"

两个人忽然停住了。两个人、四条手臂都在颤颤发抖。勾魂时勾魂人转过身到底会怎么样，杨守成自己都不知道。勾魂人和鬼魂能不能打起来，他也不知道。

杨明却忽然点头，露出满意的笑容。因为下嘴唇那的浅疤痕，他笑起来总有些歪嘴似的。"你没有吗？"杨明伸出手，两手握着鱼竿，又说了一遍，"你没有吗？"

杨守成情不自禁地往后退了一步——原来可以后退。杨明一手拿着鱼竿一手拿着鱼线，握住两端拉出嘣嘣的声音——这是勾魂用的假鱼竿，鱼线是草绳做的，摩擦在手上比钓鱼线更扎实。

"为什么这种时候了你还不肯说实话？你真的不怕下地狱？"

杨明把握着鱼竿的一手微微抬高，盯着沉默中又退一步的杨守成。杨守成肥腻又苍白的脸在阳光下照得像洗过的米一样白，他刚舔了舔嘴唇，杨明已经举起手来，鱼线像皮鞭一样刷来，响亮地砸在了杨守成的脚边。

杨守成抖着肥胖的身子后退，杨明步步紧逼，"你没有吗？你还敢说你没有吗？江医生什么都告诉我了。"

杨守成想到了姓江的脸，针灸时他偶然回过头看得到他的臭婆娘拿针箱过来时他眼镜下厌憎的眼睛，回到他赤裸的背上时那厌憎都没有一分减少。

一鞭打到了他的脚，经年前受伤的脚趾骨像是彻底断了。

杨明一鞭紧接着一鞭刷了下来。

——你是不是把李叔叔也害死了？

——我妈的物件你放在哪里？你说啊！

鞭声呼呼作响，越来越快。杨守成跌跌撞撞地后退，一个转身朝公路另一端狠命跑了起来，然后背部被撞了一下——杨明朝他扑了过来。

他一头朝地砸了下去，陷入了黑暗。

杨守成看到了那夜的场景，有莲黄悠悠的裙子飘在眼前，也是在黑暗中。他瘸着脚追，叫着她的名字。他有求她，说自己好痛，求她不要走，他什么话都说了。但是有莲始终隔着一个手臂的距离，头也不回地往前跑。河边近了，他顾不得了，扑了上去，压住她，她呀呀叫着。杨守成求她别叫，他摸摸自己口袋里，还有一把草绳，就往她身上套——他想绑住她，把她带回去。有莲一直在挣扎，绳子只套在肩膀，一挣扎就勒着了脖子，她凄声大叫："杨守成你要杀了我呀?!"

有莲狠狠地用头往后一撞，他痛得翻在了地上，她就迫不及待地踉跄着往前跑，双手乱舞地把绳子扔掉。四周空无人烟，翻过土坡，过了树丛这唯一的屏障就是公路，下了公路就是河边。他站起来仍是追，叫着有莲、有莲。

然后灯光透过了树叶，他清晰地听到了砰的一声。不过是伸手之隔，血液像一片伞面的形状从树叶与光线的罅隙中溅了他一身。

他这才停住了。他是呆住了。

他在那片屏障后坐了许久，像是聋了一样。淡红色大颗大颗热乎乎的水珠砸在手背上，他才意识到一直淌着泪。他没看到过鬼魂，也没看到有莲的鬼魂。一直都静悄悄的，直到他回到自己的四面墙壁里。

再后来，看到她，都是幻觉。

杨守成在黑暗里挣扎，却感觉脖子越来越紧，他怀疑是杨明压在他身上，也用鱼线勒着他。他叫着，你走吧，你走吧，随便你去哪，杨明都不肯放过他，什么东西越收越紧，要让他魂飞魄散——

喉咙底狠狠地刮动着。

——直到他听到一个熟悉的声音，痰像珠子一样盛在了他的嗓子眼，发出清晰的就位声。

他咳出声来，张开眼睛，看到没拉紧窗帘的窗子下头一线阳光进来，一只金溜溜的苍蝇从他两眼间擦着他的鼻尖往前飞去，停在了红彤彤的灯笼纸上，变成一个小小的黑点。他努力昂起头，椅子上是有莲——就是他捡到她时的样子，乌油油的服帖的长发，憔悴的脸，下摆飘悠的裙子，圆润的肩头露在外面。他看不清的表情。

杨守成重重倒在枕头里。转了转酸痛的脖子，闭眼努力嗅着枕头的酸臭味，醒了醒脑子——然后他又一次昂起头，椅子上已经什么也没有了。

灯笼纸上的小黑点也不见了。

没死。

杨守成一手扶住床沿，一手托着腰，背靠着床板慢慢坐起来，腰痛得像是坏死一样，坐起来像是和自己做了一场厮杀——他坐直，摸着软塌塌的头发，已经出了满脑门的汗，头发黏成了一片挂满水草的破渔网。

他坐了有一会，心怦怦跳个不停，他手贴着歇了许久。杨守成慢慢站起来，围着床走了小半圈——这张父亲留给他的木板床。他走到屋外去。四周空空旷旷的没什么人，只有靠着墙摆着的几个酒罐罐身发出些黯淡的光泽。杨守成一个一个地把他们搬开，就像腰没有知觉了似的——他发起狠来，拿起了一边的铁锹，铲着酒罐下的土。边沿的青苔与野草被轻易地粉碎了。杨守成趴下来，扒拉着泥土，刨出个把罐子封起来的木盖。

他豆大的汗珠在身上滑溜溜地游走。他搓了搓手，把木盖移开。

气味是不好闻的，他伸手抓起来，就像抓着一摊柔软的垃圾。都变成了褐色的一团，用草绳捆着。他拨弄了，还能分出来，一团深一些，一团浅一些。

那天晚上他穿着深蓝色的衣服。有莲那条黄色的裙子是丝绵的，买时费了不少工夫，比他的衣服柔软多了。血迹都变成了黑色的斑点，像是一只只的苍蝇一样。但是味道还是很清晰的——就像老酒开坛一样，父亲这时候总会说，果然尘封了几十年第一次开，这味道不会错的。

杨守成鼻尖凑着闻了好一会。他像狗一样跪趴在地上。一遍又一遍地闻。然后才耐心地收拾回原样。他洗了洗手。

锅里是昨天的冷饭。杨守成心情安定下来，所以盛了一大碗，放在一边。

杨守成走到床角，弯腰按住木板的边沿。腰因为不肯弯曲而嘎嘎响，他咬紧牙，一面忍着痛一面使力扣住床板往上抬——每天惯有的程序都像是腰和床板的一场对峙。床板应声抬了起来宣告了结局，腰配合似的咔的一响。杨守成按了腰一会，不得不拿出耐心来哄似的。然后他把被子拨到一边去，用力把木板连着木板下的屏障移开。

光线没了床板的阻隔，投射进了更昏暗的空间。

这股臭气却让杨守成厌恶。他敲敲床板。昏暗中仰起一张脸，露出蓬头垢面的样子，瘫坐在角落里，昏聩的眼神，像是没有聚焦似的，用了许久时间才望向他。嘴巴动了几下，张大了，口水就流了出来，淌过下唇不平整的痕迹，落到脖子上。

我果然是发梦呢——杨守成想，那一刻他又想到李勤的光头，不自觉地嘴上就有了一点得胜似的微笑。

他没那么想带你走，杨守成心里这么想。那时候他臂膀多有力啊，他把杨明从河边夹着拖回来，他把门都上了大锁，他夹着头破血流的杨明坐在床上一整夜，夹得紧紧的。到了第二天天都大亮了，也没见到李勤的影子和声响啊。何况过了那么久了，他不会回来的。

"吃饭了。"杨守成又敲敲床板，对杨明说。

每一个清晨

严寒在清晨第一次转身时，康妮的脑子就已经醒了，她像是死去许久的尸体开始复苏一样，所有毛孔都张开了、所有血管都运作了、所有器官都跳动了，像是得到了她的同意似的，她不得不苏醒过来——她抿紧了嘴唇，口里还是苦的。还在上火。

严寒开始动作起来，这是康妮可以靠听觉感觉出来的。起身，穿衣，打领结——没有叫她，穿裤子，而后是皮带，然后找文件——没有叫她，但是回头看了她一眼，磨蹭了脚。最后他起身出门了，门锁都咔嚓吐舌了，他飞快地丢下一句："今天还有一天的药。"

——门关了。

康妮背着的身子转了过来，睁开了眼睛。她慢慢坐起来时缓了许久许久。嘴唇一直抿着，直到去洗脸时才慢慢吐出一口黄痰。她抿着水走出来时看着客厅墙上严寒的照片，她缩得像个小老太太似的斜眼看着他，但又不禁慢慢地挺直腰杆，像蚂蚱那样，背脊咯吱咯吱响。她开始烧水。

烧水台正对着日历，这是 2013 年 10 月 14 日的清晨，小小的方格上什么也没有。但是细看会看到浅浅的凹痕。康妮用铅笔圈过，很快又擦掉了——她一向如此，从恋爱时就是这样，生怕露怯，不肯吃亏的。

她接了水，用瓦罐烧着。她是很认真的，烧水前她盯着瓦罐看到了一丝裂缝，所以换了新瓦罐，又认真地洗刷过。

康妮本来站了起来，想要打开电视，看着等水开。但站起身来她不禁又贴身过去看了眼日历，那个凹痕完整。日历是光滑的塑料纸,她侧着看,一点指纹印上去的痕迹都看不到。康妮想,他是真的不记得了……比起他故意当不知道,哪一种更让人舒坦呢? 她烦闷起来,又一屁股坐了回去。蓝色的火苗在额头正前方低压压地烧着,她想着恋爱时候的场景。水雾一波波冒出来的时候,她就回到了大学时的湖畔,她和她的朋友们都是漂亮的,面庞还鲜嫩,日子就像吹动帽檐的风一样愉悦,像她们连衣裙下踏在草地上的小皮鞋。男孩子们有无穷的热情和她们一刻不停地说话——把爱情都讨论透了。

"我们并没有多看重它呀——不然我们就要被看轻。"当时的她们不约而同地在心里想着。

水开了。康妮把草药放了进去,调成小火。

康妮左思右想,给严寒打了个电话。

"吃了吗?"她问。

"没。"

"怎么不吃?"

"没空。"

康妮舔舔嘴唇,"今天……"

"嗯,今天是最后一天了。中午我会去的。"电话里传来打印机咔咔吐纸的声音。严寒适时地挂了。

康妮走进了自己的衣帽间——她觉得自己得下定主意,而在这是最好的地方。她侧开两只手掌,她从小到大在衣橱里都爱这样走,让凉沁沁的布料滑过她的指尖,一层一层的,和比目鱼蛋化在舌尖的感觉一样。

这个衣橱分门别类挂着她不同布料、不同款式、不同季节的衣裙。康妮走到末尾，得稍稍拨开两边的绒绒的皮草，才能在镜子里找到完整的自己。她拉出衣摆下放着的矮凳子，对着镜子坐着。

镜子里她能看到灯光下的两排衣裙，衣帽间外对着的是整个卧室，卧室门外对着的是客厅。

她心里有了些底气。但是看到镜子里自己脸上表情变化时出现的细纹，她还是有些惶然。

康妮最后挑了一件不平不过的最得体的连衣裙出来。她突发奇想地换了另一种粉底液，但结果弄得有些糟糕。重新上完妆她反复看自己的脸，总觉得有些干，一副一定很快就会浮粉的样子。选鞋子时选了半天，最后还是拎出双高跟鞋。

康妮穿上鞋子，定定神，拿起倒好药的保温壶出发。

进小区前康妮反复命令自己要直直地走进去，不要停下步子。之前有次她停在门口，暗地里与门卫完成了一场漫长的对峙，最后装作镇定地走进去时高跟鞋一歪，药渗出来滴到大腿上，落成暗黑的斑点似的。

她想她好歹来了几次了，是应该抬头挺胸也不会被叫住的，但随即她想她凭什么被这里的门卫记住脸，于是她抬起下巴又顺着风让头发遮住脸廓，走了过去。

B栋……5楼……康妮站在门前。对着防盗门的反光，她立了一会，看看自己的样子，门都被锈迹破坏了完整的边缘，门两边贴着的春联欲掉未掉的样子。她考量了会，这是最后一次来……但她又想到，她穿着高跟鞋上的楼，里面的人听得到声音。

康妮掏出严寒给她的钥匙开了门。她换上拖鞋，弯下身子的那一刻她看到一双随意脱了放在一边的皮凉鞋，就这样隔着她也看得到裂开的边沿，这双鞋不会超过一百块——明明还有力气穿鞋出去，这女人。

这必须得是最后一次来。

客厅里静悄悄的。听得到人在卧室里翻动被褥的声音。康妮把药倒好，走到卧室去。

"哎，康妮姐……我刚醒。"床上的人拨开被子一角，露出脸来，一副睡眼惺忪的样子。

康妮笑笑地扫了一眼卧室，床边的棉拖鞋头还朝向着床，两只拖鞋隔着一些距离，她说，"没事，小李，下床上过厕所没？"

"没呢，冷。"小李坐起身子来，揉揉头发。

康妮拉过一张小板凳，坐到床边上，一勺一勺地搅拌着药。递过去。

小李接过来，舀起一勺，要吹。康妮不咸不淡地说："药可不能吹。"小李把药捧在手里，正思索着的样子，康妮又说："我最后一天来了……"

小李赶紧说："是得谢谢康妮姐辛苦……"

康妮说："不辛苦。我家严寒就是心地好，他忙，我照顾一下是应该的。"

小李说："是啊……我这感冒也好得差不多了……"

康妮盯着她："你这身子，应该养得差不多了。"

康妮站了起来，围着床，踱步。她在家里也经常做这个动作。这个卧室太小，窗外看过去是灰蒙蒙的楼层，没什么好风景。大排柜摆在床的另一边……她从没见过那么大的排柜,不知道过时多久。挂着的钟倒是严寒喜欢的,他就喜欢那种没有框沿的钟,以前买钟时为这个他们僵持了许久,最后还是严寒让步。

小李慢慢地喝着药,不作声。

康妮干咳了一声,"其实我早就知道。我家严寒什么事不跟我说啊? 你也别怪他,他是怕你尴尬……"

小李碗一放,腰身一挺直,"我没怪他。"

康妮坐到床边去,握握小李的手。康妮一捏,心却有些惊动,因为她的手竟然那么粗糙,比起自己的来。康妮低头看看,小李手背上龟裂的皮肤,粗大的指节,她听到自己内心一点古怪的响动,心又往一种不甘的方向滑一层……这样一个女人……康妮咽了口唾沫,揉捏着小李的手指,看着她,"说到底是我们夫妻对不起你……"

小李喉咙一梗的样子,像是要说些什么,但又忽然蔫了似的,说不出话。

康妮悠悠说:"严寒抹不开面子和你说,我也装作不知道。我们都是希望你快点好……"

门响动的声音插入得有些不合时宜,床上的两个女人都屏了口气。几声零碎声音后,穿着拖鞋的严寒出现在门外,他今天穿的是一套新的深蓝色西装,蹩脚的灯芯绒面料——并不是康妮买给他的那些,是新的。她有些不安,但或许是今天的确有些冷。严寒将领口的纽扣松开两颗,先看了一眼康妮,然后朝小李笑了笑,"今天下班早。"

小李勉强地回了个笑。

康妮不吭声地瞧着,小李虽然白,但是一笑眼角皱纹毕现,弯弯曲曲的纹路……又说不上是难看。她拿过小李手上的药碗,还剩下一些没滤干净的药渣,康妮用勺子戳着,看得出是当归,煮烂了一戳就散……她低头看着。

三个人都奇怪地沉默着。严寒默默地走到床边来。

康妮忽然就叮地放下了勺子,手一伸将碗往床头柜上放好。她慢慢坐回原位,说:“这次我在药里加了点别的。”

严寒和小李不约而同地望向她。康妮抬头看严寒,严寒紧抿着唇,看了她一眼就瞥开,小李战战兢兢的声音响在脑后,“什……么……”康妮笑着回过头去,“鸡肉呀。你尝不出来? 老母鸡的鸡腿肉,十只鸡一滴血,多吃鸡才能补回来。”康妮是南方人,咬字总有些含糊,声音又尖,说到“鸡”像针扎一样尖锐。

小李的嘴开开合合说不出话。康妮补充道,“吓着了? 严寒没告诉你我家开药店的吗?”

小李像受惊的小鹿一样抬眼看了看严寒,“她……”

康妮正要开口,手腕一紧,就被严寒拉着站了起来。“干什么? 别让小李笑话……”康妮还没说完,严寒就直接拉着她往外走。这房子实在狭窄,严寒提着她手转了一圈,最后走到阳台去。把门合上,严寒冷冰冰地甩一句,“小声点,这房子不比你家,没那么好的隔音能力。你嗓子一张,整栋楼的人都能听到。”

康妮手一挣,“今天是最后一天了。没什么不能挑明说的。”

严寒扬扬下巴,“说什么,你想说什么?”

康妮偏开头,忍了好一会,才慢慢说:“这种不要脸的事情……”

严寒打断她,“那你为什么来? 你可以走啊。”

康妮牙齿也在抖,但她仍是一脸不屑的样子,绷住内里的颤抖,伸出手把严寒的身子一拍。严寒扫了她一眼，侧过身。康妮走过去，严寒轻蔑的声音响在头顶，"神经病。"

康妮脊椎也在抖，但仍然笔直地走到门口穿好鞋——甚至还友好地朝小李点了点头，然后关门，下楼，在门卫的注视下走出这个狭窄的小区。

过了门卫的那个亭子她就觉得要撑不住了，但依然拦好了的士——她没脸开自己的车来。报家里地址时她说话的声音都不清晰了。她顺势把化妆盒打开，补妆的粉淹没在簌簌掉下的眼泪里，两三颗就没有了。她咬着衣服不发出声音。

司机出奇的老实本分，看都未看她一眼。康妮咬着袖口看向窗外。手机响了起来，她扫了一眼，闭眼定定神，才接了电话，"喂，爸爸……这几天我没去，都是严寒去的药厂……没事，我只是有点感冒。"康妮倚着车窗。

电话一直打到她回到家。

风又冷又有声。一路走来像是有鬼影尾随，她裹着薄丝袜的腿忍不住地抖，总无意识地回头看。康妮赶在涕水落下来之前扭开了家门。她打开门，脱下鞋子，才发现自己的脚已经被汗湿透了，脚踏进拖鞋的时候，光柱子在地板上一扫，抬眼看是风吹动了窗帘透来的一脉光。康妮还没把门带上，就听到了轰然的雨声。

爸爸在那边喊着："哦哟，好久没那么大的雨来。你看你妈妈肯定又要跳起来和阿姨一起收衣服去了。"

康妮急匆匆地说："啊，我也是衣服还没收……刚到家。"爸爸在电话那头调侃，康妮嗡声回着，像是真的要感冒了，她挂了电话，随手扯了几张纸巾捂着鼻子，潮潮的脚趿拉着拖鞋走到阳台。阳台门一开,风几乎把她人吹倒,隔着纸巾也能闻到一股湿漉漉的药味。她张开眼睛,有点恍然,走过去把纱窗合上了,透过蓝色的玻璃窗,她看着空空如也的阳台,才想起来药已经煮完了。

在防盗网上架起晒板一点点铺上药时,严寒就站在旁边。康妮永远不会做第一个开口的人,反正也背对着身子,干脆就沉默到底。严寒不知道站了多久,他头顶发梢的影子停在她左手中指的戒痕上——戒指在她知道那件事时扔进了马桶。

"药够七天的……刚才忘了说。"严寒开口了。

"七天小李的感冒好得了吗?"康妮停止了假动作,回头看着他。严寒紧抿的唇撬出了几个字砸下来,"康妮,我告诉你……"

康妮指指门外,"行了,你出去。"严寒冷冰冰地住了口。她心里涌起一股气,想指着他说你凭什么这么看着我? 她回想着那时候恋爱,他变换着姿态来讨好的样子……那几年。康妮回过身,冷冰冰地说:"爸爸说,下个月就有人事变动。你等着吧。"她听着他的脚步声,维持着假动作。

站在窗边的康妮对着玻璃窗打了个喷嚏。

严寒回来时康妮已经睡了有一会了,天刚黑,比预期得晚。

他放包的声音就足以让她醒过来了,但她仍是闭眼装着。他的脚步声停在卧室门口。卧室门是开的。

"康妮,康妮。"严寒敲了敲门。

她动了动身子,没说话。

严寒拍开灯,走过来,"你跟她说了什么?"

康妮头埋在被子里。严寒伸手要掀,康妮抓住被角,坐了起来,

"严寒你要做什么?"

"你跟她说了什么?"

"说什么,叫她保重身体呀,还能说什么?"

严寒笑一笑,那身蓝西装衬得他脸色冷清,像是平白地多了点底气似的,"你不想煮,当时可以把药丢给我啊。"

康妮抄起枕头往他那一砸,"你够了没有?"

严寒轻松地接住枕头。

康妮问:"你知道今天几号吗?"

严寒把枕头扔回床上,"这只过去一个七天呢。"

他关上卧室门出去了。康妮的枕头砸到了门上。

七天前,严寒把药扔在桌子上,说小李感冒了,她说哦,接了过去。他抬眼看了看她,你可以打开看看药。她一袋一袋地拆开小袋子,然后合上。

她看着他,严寒眼里有幸灾乐祸的期待,等着她手一翻把药材打翻在地。但她只是问:"这几天后就能好吗?"她说话时有些太平静了,他们之前已经冷战了个把月。他有些失望的样子,低头扒了两口饭,说:"先吃着吧。"

严寒于是不再看她。她几次开口想说什么,但最后只是把筷子一放,站起来。声音清脆。严寒表情奚落地看着她。她登时放下碗,站起来说:"好,我吃饱了。"

她受不了严寒的轻蔑,如果对他流露出丝毫的情绪她又必然会受到他的轻蔑。虽然她也知道关系走向失衡……恼人的是,送药的妥协并没有达成协议,严寒并没有到此为止的意思。

康妮把灯关了。

她想着,不能再这样了。鼻涕流个不停,她一张一张地扯着纸巾。

什么时候睡着的,她也不知道。

与罪犯共谋

他的身影出现在桥底时，手里似乎多了什么东西，拖着长影子闷声走近。她软在地上，哀求似的连叫大哥大哥。他不说话，却将手里的东西抛到她怀里——热乎乎的，是馒头。她愕然地抬头看他，他远远站着，点烟道："你还真没走。"闪烁的火焰照亮了他的半边脸，模糊得温和一般，一点也看不出是个惯熟的强奸犯。

应池哆嗦地捧着馒头，流泪道："我答应大哥不走的。"

杨志吸了口闷烟，默默看着她。他视力很好，农村来的都习惯了走夜路，黑夜反而让他觉得安全。这里漆黑、潮湿、一股子霉味，桥洞顶上栖息着蝙蝠，地面上是厚青苔、灰尘、蝙蝠屎，偶尔会听到老鼠窸窸窣窣窜动的声音。这样的环境，他几乎隐身，而应池就暴露了出来。即使蓬头垢面也藏不住她窄窄的脸与一双水汪汪的眼睛，她每一个表情变化他都一清二楚。

三个小时前，半夜十一点，桥边永新路小巷，杨志轻松地逮住了一人路过的应池。这个区在北明市并不算繁荣，十一点已人迹稀少，他迅捷、有力地干完了事儿，满头大汗地往四周一望，莫说警察，鸟都不见一只。他腾出手来放在她脖子上，想这是第四个了。应池的眼睛正好这时候张开，澎湃的泪水适时地涌了出来："大哥，别从前面走，新建的亭子里坐着交警，通缉令已经贴出来了。"他手停住了，"你带我走吧。我认识路，我不跑。"杨志思考了会，麻利地打晕了应池直接扛到桥底。

杨志收回神,抖抖烟灰,说:"你能把我弄走么?"

应池怯怯问:"大哥你要跑么?"

"废话。"他说。

"跑哪?"

杨志戒心提起来,不说话。应池在黑暗中睁大了眼睛,隐约可见泪光盈盈,说起话来却一派天真,"你要告诉我你往哪跑,我才知道怎么跑啊。"

杨志瞧着她,犹疑了一会,想:这就是个细弱得跟瘦鸡似的城里女人。他心一放,粗声说:"往南走,厉市附近。"他本来还想说,我不认识什么人,但这句话在他口里溜了一圈,又咽了回去。

应池说,"你早该跑了,回老家去。"

"你做什么的? 有办法么?"杨志有些不耐烦。

"你带我跑,总比你一个人跑容易混出北明。"应池忙不迭擦泪说,"我是大学生,但我有办法。"

杨志拧起眉毛,"什么时候?"

"明天。"

杨志抽口烟,想:不要紧,学生就更加是瘦鸡中的弱鸡了,安全。他心里却又有一种说不出的感觉——他初中毕业后就不读了,他要是读了大学,也会是个好人吧。杨志叹了口气,心肠软下来,扫了一眼缩在角落里的应池,那馒头还捏在她手里没动过,他好声地安抚说:"你带我出去我就放了你。我知道我做错事是要下地狱的,没必要再添一笔债——馒头怎么不吃?"

应池捏着馒头,又哭。杨志有些手足无措:"你哭什么? 都说了你带我出去就放你走了!"

应池仰头望着他，声音还带着哭腔："大哥，我好怕……这里好黑。"

杨志想了想，大半夜的，又在桥底，也不怕警察。毕竟是个小妹崽儿，哄好了她才好回家，他就说："那好，我生火。你老老实实的，我说话算数。"他把烟一扔，走出桥底的圆洞。桥边就有一排树，最高大的那棵是榕树，他不敢动，老家人都说榕树是神树，应该敬畏的。他再走两步，看到棵柳树，枝条干巴巴的，可以烧了。他将起一把柳枝，双手抓稳，用劲一扯，直接把一大捧柳枝"咔嚓"扯断。他回头看，果然看到应池正望着自己，心里有些得意。杨志低头又去寻摸，摸到一种分支细小的草，蔓状，老家也见过，都叫爆炸草，他眼明手快地扯住草根，一扯就扯下一片来圈在手里，大步走回去。

"大哥坐我旁边生火吧。"应池邀请似的。杨志没有犹豫，一屁股坐到她旁边，熟稔地架好枝条与草，掏出打火机来点火。爆炸草噼里啪啦地烧起来，应池望着火堆，还是怯怯的样子，杨志说："不怕。炸不到你。"他刚说完，一个火花就"啪"地直接炸到应池手臂上，应池低呼一声往后挪一挪，他赶忙帮忙拍掉，一拍却发现有些不对："你的手？"他抬起她的手，手臂上竟全是月牙形、圆形的疤痕，一看就知道不是指甲掐出来就是烟头烫的，他前面拍到的正好是一个新伤疤，一拍就绽出了血来。杨志问："你不是学生吗？"

应池顿时垂下了头，声音又带上了细微的哽咽，"同学们并不喜欢我。我不是本地的……每次有人掉东西，总是先怀疑我。"也许她太害怕，声音都有些颤抖。

杨志有些吃惊："你不是本地人吗？"

"不是。我爸爸带我来的。"她话锋一转，"大哥，你是自己来的吗?"

杨志一愣,不自在地偏过头去,爆炸草很快烧完了,柳枝已经燃起来了,他加了一把。

四年前,他出玉清的时候,妈对他说,外面的人到别人的城市去,总会受欺负。她并不希望他走,他在镇上的汽车维修店已经干了几年工,就要从学徒升为帮工了。他虽然寡言少语,可是踏实肯干,老板对他也算好的。可是每次穿过密密的甘蔗林,坐在田边,看着小孩子光着屁股扑通扑通扎下溪里,他总觉得日子太无趣。邻居家的大儿子开着汽车回来,赚了大钱,他问他:"你去哪发的财?"归乡人告诉他,北明。村里没人去那地方,太遥远。一个月后,杨志买了去北明的车票。

杨志忍不住苦笑。他总算知道什么叫"外面的人","别人的城市"。

"以前老师总让我坐最后一桌……"应池抬眼看了一眼杨志,自顾自地说着自己的故事,"但我觉得受点委屈没什么,爸爸带我长大很辛苦。他最大的愿望也就是我乖乖做个好学生、乖女孩,在北明读大学,嫁个当地人,安安稳稳,落地生根。"

杨志看了应池一眼,应池垂下头,红彤彤的脸、长睫毛,手里还捏着馒头。他恍惚想起了他小学时的女同桌:漂亮,胆子小,又懂事。

"喏。"应池把馒头递过来,"大哥你不饿吗?"杨志觉得自己像一尊陶瓷,瞬间又被瓦解了一块。他摇头,说:"你快些吃吧。"

应池咬了一小口,慢慢咀嚼。

杨志转过身子,火焰明亮又温暖。桥洞里安静,蝙蝠没有扇翅膀,老鼠也没有拖着尾巴到处爬。他叹了口气,把自己强壮有力的身子团起来缩着,佝偻着背,变成了一个更安全的姿势。他并不是很会说话的人,他说话从来都简洁有力,因为他强壮,说话都嗡嗡的像是有回音。

他叹了口气,开始说他的进城打工之路了。他来到北明,在一家小餐馆做帮工。他说:"我打工的第一个月,厨房里少了一把菜刀。所有帮工中,只有我是外来的、新来的,老板甚至没有查,就罚了我钱。我气啊,想解释却又不敢说。最后我沉默了,认罚。"

被孤立、被欺负,并且一直安静地承受着——打工的这四年,杨志的生活几乎是全封闭的,他从不去玩,没有人会和他去。他没有回过家,只是按时地寄钱,他非常老实地活着,但他还是格格不入……倾诉欲终于汹涌而来,很多事情讲过后他又忍不住补充。他说起餐厅里的一个帮工第一次向他借用租住的地下室时的情景,他二话不说就把钥匙给了他,那帮工得意地告诉他自己要带着女朋友去他那亲热,省钱又方便,那帮工促狭地笑着,说他一定给杨志脸,常去。杨志说到后来那对男女甚至把衣裤都留在被窝里给他清洗时,应池短促地笑了笑,口里还嚼着馒头。他原以为这个清纯的女学生应该什么也不懂,却不料她不点即透。也许她很聪明。

应池说:"但是你也忍了四年了。"

"是啊。"他说,"他们把我的钱也拿走了。"杨志忍不住冷笑一声,"今年,我老家那边给我打电话,说我妈得了糖尿病,要用钱。工资三个月发一次,都是大厨发。我的工资被那个帮工支走了……我知道这个消息的时候,他和他女朋友还拿着我的钥匙在我的地下室里。"

应池没有问问题,她不用费脑子想也知道为什么大厨把钱给了帮工——他们是本地的,是一家人,应该互帮互助。她一只手抚摸着这个罪犯佝偻的后背,她想他要哭了。

"他拿走了我的钱,拿走了我的钥匙,我不做声,我不做声,我什么也不说,我悄悄去厨房操了把菜刀——这回我就真的偷把菜刀给他们看! 还不止这些呢! 我回到地下室,迎面就给他一刀。然后,我第一次碰女人,恨得牙根都是痒的,顺便再给一刀。"杨志看着应池那饱含同情的双眼,他的愤怒、失望,一瞬间都化作了委屈,在胸膛里炸开了锅。他有力的身躯顿时松散下来,像是一身皮囊都忍受不了这样大的苦楚迫不及待地想要和骨头分家,他粗糙的双手捧着自己的脸,终于失声痛哭。他断断续续地说:"我要回去。我知道我做错事情是一定要死的……我想见见我妈!"

应池什么话也没有说。作为一个女人、一个被害者、一个学生,她说什么都是错的。她柔顺地慢慢地环抱住了他,在火光下——没有什么比这更对的做法了,她确信。

第二天清晨,杨志搂着应池走出桥底时,他对着光,细细看着她的胳膊,哪怕疤痕脱落都留下了浅色的痕迹,应池说:"不要看啦,又不是你弄的。"他悄悄看了应池一眼,她有些脸红。

天刚亮,应池说逃跑方便。走到桥上,果然不见什么车和人。应池补充说:"过了桥,往左拐,我认识人,可以带我们坐车。先出了北明再说。"

路面是沉沉的寂静与天光,似乎高叫一声都是犯罪。偏有不识趣的叫声破坏了这些——

　　"应池!"

　　被杨志搂在怀里的应池身子一僵,脸浑然白了。杨志低头看了她一眼,有些好奇地回过头来。

　　迎面走来的是一个连路都走不稳的女人,吊带衫、热裤,手里拎着一件皱巴巴的外套。她慢悠悠地走过来,"哟"了一声,一只手就直接贴在了杨志胸前,双眼向上剔着直望着应池,不阴不阳地笑着:"怎么,应池,自己私自接的客人? 你也不告诉大姐?"

　　杨志没有说话,他低头看着那女子放在自己胸前的手,从手肘到手臂,密布着弯月形、圆形的伤疤,或深或浅,像图腾一样——和应池如出一辙。那女子是惯会看人脸色的,看了杨志的神情一眼,甜腻腻地叫了一声"大哥",她举起自己伤痕累累的手臂,贴近杨志:"这算什么呀……有些客人用针扎,用皮带抽呢! 大哥,你要是想试试我不会比应池差的……"

　　应池的额头上已经是冷汗涔涔,她不敢看杨志的脸,死咬住下唇——她感觉到杨志的手捏紧了她的肩头,像捏住一只死兔子似的。他笑了一声,想要装出一个惯熟的嫖客应有的轻浮,"昨晚一直在外面折腾,弄掉了身份证。我和她正要去附近的派出所挂失重办,但是我们都有些醉,你知道最近的派出所在哪吗?"杨志装得并不像,没有喝醉的人会声如洪钟,连笑都笑得郑重,他自己也知道他一直都太过实诚。

　　女子估计没生意做了,但还是好脸笑着:"知道啊,就直走,过了桥左拐。不过那只是个小派出所,牌子也不显眼,挺难发现的。不过不开这么早吧!"

杨志声音没有大变,说:"哦,那就没错了。我和应池先在桥上吹吹风,醒酒。"他的声音嗡嗡地震在她的耳畔,这一刻,杨志连手指都用了十足十的力道了,应池死死忍着。

女子悻悻地收回了眼神和手,横了应池一眼,摇摇晃晃地走了。应池从头到尾,保持着死一般的沉默。

他终于明白应池的眼泪、羞涩、胆小,都是为什么了。

杨志没有动,她也没有动。她没有选择眼泪,她想这招已经不管用了。

"大哥,我……没打算害你,那个可以帮我们的人的确就在派出所附近……"她先开口了,她眼神有些迫切,"你用刀对着我,我带你走……行不行?"

杨志整个人沉默下去,他用狠狠的一巴掌快速地回答了应池的问题。

应池整个人被掀到一边,脸已经被扇得沁出了血,她勉强抓住桥上的栏杆,慢慢站起来:"大哥……"她话音未落,杨志已经整个人扑上来,一把勾住她的腰就把她扔上了栏杆,并把她用力往外推。

应池尖叫起来,双手死死地抓着栏杆,她横着一望,那女人早就走远了,街上一个人都没有。她身下,几十米的高度下是翻涌的江水,哪怕一个小小的浪花声都惊心动魄。应池这回是真真正正"哇"地一声哭出来:"大哥……我们都是无家可归的人啊! 我受的苦一点也不比你少啊!"

杨志沉默而决绝地一把把应池的腿甩下栏杆,她双脚勉强勾住边边,整个身子已经悬空了,只靠双手死死抓着,她哀叫着说:"求你……求你……"杨志掰不动她的手,索性翻上护栏。他站直了,从牙关中狠狠吐出两个字:"贱货!"他凶狠地胡乱踩她的手,应池一面痛叫,一面仰起脸来,拼命喊道:"大哥! 我死了没人救你了!"应池的泪水中迸发出歇斯底里的狠意。

"贱货!"他紧抿着唇,抬起右脚,用尽全身力气朝应池仰面抬起的脸踩去。应池"啊"的一声,双手禁不住一松,却心里一横,脚后跟一蹬,人飞起一半直扑杨志,血淋淋的双手一把抱住他的腿。他没来得及做任何反应,就感觉身子往前一倒,然后坠了下去。

那一瞬,这两人的想法出奇的一致——受了那么多苦,我就这样死了?

下坠的时光短如一瞬,长似永恒,停驻般的几秒后,两人终于共享了晨曦中的第一片浪花。

我在度过这深夜

在柳叶市还没升级成四线城市时,前市长曾经做过一个错误决定——在一桥桥头建了个楼盘。这个腰上挎个斜包就能直接去批发市场冒充小老板的中年男人应该批下了不少楼盘、修了不少桥,也应该接待了不少领导、接见了不少女秘书,但桥头这个楼盘成为了他行政生涯最糟糕的一笔。

据说箭盘山下的龙大师是当年第一个冲入市长办公室的人,他不经通报、仿佛从天而降般地出现在市长丝光水滑的新办公桌前,将一大串垃圾连带着成块掉下的灰尘块倒到市长的办公桌上,昂起了还没留山羊胡的下巴:

——您晓得这是什么吗?

——垃圾。

——不。这是占卜用的龟甲。您动了柳河的龙脉,您的行政生涯就要到此为止了。

大家对这段传说笃信不疑,因为一个有着北方口音的半仙儿能在柳叶市立足下来,长期盘踞在箭盘山下,这是从未有过的事情。接下来的一切都扑朔迷离,有人言之凿凿地说这块地皮的投资商因为动了龙脉家里一个月失窃了三次——连老婆带女儿都被偷了,有人赌咒发誓自己曾在某个深夜看到市长将他那辆可笑的大众最高配停在箭盘山前——虽然只有短短的十来分钟,可临走前他洁白的袖口分明沾上了一块鲜明的灰尘块。

总之结局很清晰,市长撤了,投资商撤了,这块起了十余年的楼盘变成了那些装修工人的。一些小镇上来的人穷到无法避讳了,就住在这里。

龙脉旁的骑楼、矮房一幢幢地推倒了,只有龙脉里住着的人变化着不同颜色的盆子出入在这里。小宁的妈妈带着小宁住在这里,已经有快十年了。

小宁从不知道妈妈做的是什么工作,她只知道刚搬来柳叶市时那些同为外来人的大婶们是多么乐此不疲地示人秘方。妈妈从刚开始的犹豫,到后来痛痛快快地、每天在夜幕降临前换好了丝袜、提溜着小板凳和一两个年龄相仿的人一起出门去了。

两三年后,不知道哪来的人上门了许多趟,妈妈便把她送到菜市场旁的十七中附小去读书了。家里开小书店的徐明明在全班面前摊开展示斑斓的柳叶市地图,介绍完后,他拉开了教鞭——像班主任那样,点点小宁的头,然后又点点地图上一个位置,以一种算准了世代宿命的口吻说:"小宁,你要知道,你妈妈就在这里擦皮鞋。"

徐明明环顾着班里一双双仰望着他的双眼,拿出班里少有的书香世家子弟的样子来,高傲地问:

——你们知道擦皮鞋是干什么的吗?

——不知道。

徐明明学着当年电视剧里最常说的台词:

——以后你们会知道的。

那时候,小宁每个晚上都要捧着篮子到市中心一路叫卖玫瑰花,这样也有两三年罢。在徐明明跟她说了擦皮鞋的事情后不久——应该不到两个月,小宁开始失眠。

散着头发、光着脚、一手提拉着书包站在菜市场门口的小宁上了柳叶市早报,班主任颇研究了一番,梳起大背头,冒着风险来到了这荒芜的龙脉上的楼盘。

——你他妈不会带钥匙啊?

房门打开的瞬间班主任就受了一脚,然后赤身裸体的小宁妈妈尖叫了起来。

这个段子简直传得没完没了了。小宁终于再也不用叫卖玫瑰花,也没有去干点别的。但小宁妈妈提溜着小板凳蹬蹬蹬出门的步伐终于是确定没办法,也没能力阻止的。

小宁于是变成了一个小偷——虽然后来确凿证实的只有她偷了徐明明的地图,但后来许多同学的零花钱都开始忽然地不见起来,学校里嗦冰棍的坏风气也蔚然成风。徐明明风度翩翩地踏过哔剥作响的冰棍纸,像踩过刚下过新雪的地面一样,他慢条斯理地展开了一幅更大的柳叶市地图,经过全新的修订。然后所有人静默地任小宁把它撕成了雪片。

静默。

小宁领了处分条,打死也不去学校。小宁妈妈操着小板凳把她打死过几次,最终也只能提溜着小板凳一个人走去做她该做的事情养家糊口。小宁被关在房间里,日夜睡不着觉。

在静默中。

小宁自己对自己说,故事到这里就应该结束了——这是她失眠时趴着听断断续续的收音机时听到的。这时候她十二岁,她已经不相信自己还能有哪些变化了,生活、长相还是思想。她变成了一颗被吮干净的桃仁,又扔在窗外受了许多风雨,连果壳上的绒毛都没有了,沟壑纵横的。日子过得昏聩、无趣。小宁把木板床移到靠窗的地方,睡不着的时候可以对着吹吹风。铁栅栏早就坏了,窗子只开得动一边。有时候她有短暂的睡眠，总是在太阳要落下的时候，江面显得浩浩荡荡、红红热热的，房间几欲变粉了，她会迷迷糊糊地睡着。然后在妈妈踩着高跟鞋的下楼声中醒来——大概是因为整栋楼里只有小宁妈妈穿着细高跟，踩得出那么清亮的声音。哒哒哒——要踩个半小时才到得了接活的地方哩。

然后小宁会醒来，看着天慢慢黑透，然后重复地度过无眠的夜晚。

小宁躺着时从不安稳，有一天她翻转着，手一伸，摸到了一枝凉沁沁硬邦邦的东西。一根枝条。已经是深秋了。她很惊异，捏着它的叶子，爬起来，低下头，发现这藤蔓沿着墙爬过来，已经爬过了她的窗户——她抬起头，发现枝叶的尽头是一点新绿，绿芽尖尖透着一点光，是一面透着光的窗户。

小宁几乎以为自己是在做梦。一来，她家楼上并没有住人啊。而且这栋楼盘断了水电，哪来这样透光的窗户？她把头缩了回来，愣了许久。再伸头出去时，果然又是一片漆黑。

但这光却在小宁心里种下了期待。她等着有没有人谈论起这新的枝桠。

这枝叶在长，在往上爬。但小宁妈妈的脾气却一天天坏了起来。起先只是来小宁房里拿蚊香盘去倒时，她拧拧眉毛，说几句不咸不淡的话。后来小宁妈妈脚搭在凳子上，一点一点套丝袜时，小宁起床去上厕所，小宁妈妈停了停，站起来，"你好歹该做些什么，不能这样养在家里。哎，这样不行。"然而小宁恍若未闻地趿拉趿拉拖鞋，出门去厕所了——然后她就换了时间，不再挑下午的时候上厕所。

她们开始不再说话。小宁妈妈不知道从哪天起,饭也时做时不做了。

小宁不反抗,她吃得少就进入了低耗状态,如死在床上一样,连厕所上得也少了。有天晚上她饿醒了——那是一种很奇妙的感觉,她捏着肚子,但觉得痛感并不来源于手掌下隔着皮肉的某器官。她耳朵忽然捕捉到窸窸窣窣的声音,于是她轻轻爬起来,扒开门缝——小宁妈妈蹲在矮桌上吃着一碗粉,急用灯已经快用完了,黯淡地照着,几只蚊虫无所事事地绕着飞。小宁妈妈起身走出门,应该是上厕所去了。小宁冲了出去,她扒拉了几下就开始把粉往嘴里送。喉咙和胃都干透了,粉像手一样往肚子里掏,像没上油的齿轮转动得痛——然后小宁身子一轻,她被提了起来,像只偷食吃被发现的老鼠一样,被甩在地板上。小宁妈妈在厉声叫着什么,而她只是茫茫然。

她发现她变丑、变老了那么多——她眼睛瞪得那么大,却也撑不平她松垮的皮肤,她脸上爬满了深深浅浅的雀斑,她额头一丛稀疏杂乱的短发一根根竖起来,枯燥得像是等待折断……她是一瞬间变得那么丑的吗?

小宁任自己的头被打得偏过来偏过去,然后被摔回了床上——好坏她总是要回到床上。她慢慢翻过身子,才听到轰然的响声。几个呼吸后,她听清楚了,是妈妈在号啕大哭。

小宁慢慢坐起来,靠着床板。床板嘎吱响了两下,她的背开始密密麻麻地觉得疼了。背后还吹着风,妈妈的哭声在外面的空房间里孤掌难鸣,抽泣声一停,就是尖锐的哒哒声——她穿上了高跟鞋。小宁把身子直起来——"咣——"摔门声。

小宁呆了很久，短暂的睡眠修复的能量很快用完了，她的太阳穴突突跳得厉害，用手指按着，那突突跳的地方就像爬进了两条蛊虫，整个脑袋都开始疼了起来。她用起了毛边的被子蒙住头，手胡乱蹭着，她才发现有细细的泪流。

哒哒哒。哒哒哒。她不会不回来吧？

手上有东西拂过，她回过头去，原来是风中的藤叶，绿翠翠的。

小宁起来，跪在床上，看着黑洞洞的窗外。她俯身下去，发现下面竟是亮的。

"哎哟，什么时候灯给安上了啊？"声音尖利地扎进她耳朵来。小宁身子往前挪，看到一个抱着紫红色水盆的大婶，本就住在楼下的。

直直的灯杆上亮起灯，龙脉上从来没有亮起过灯。要不是这一团暖黄，这杆子在他们眼里就是一根电线杆，一个供野狗撒尿的地方。现在这灰色的杆子却有了别的色调，一派缃黄色的末端，有一点可爱的蓝色挪了挪，走出了个男青年来，推着一桶饮用水。他声音不像住在龙脉上的人那么大声，但小宁趴在阳台也能听得清楚，"我想着，虽然断了水电，路灯应该不会断的，或许是灯泡坏了……所以就打了个电话。"

"哦哟，新来的啊，你还买桶装水……"大婶捧着盆绕着他看着，就像在菜市场选一只合适的鸡一样左右审定，"那么懒，不去江边接？"

"啊，我每天总要喝很多水，因为经常运动……不过我也买了个盆子接水用，可以浇浇花。"那青年忽然抬起头来，像是看见小宁了。小宁头一缩，然而青年笑盈盈的一张脸并不被惊动，她才意识到他说的是这藤条。

大婶夸张的表情在灯光下纤毫毕现，"哦哟，这也是花？"她下巴微微前伸，表现出一种面对新鲜事物独有的耐心，至少她从来没和小宁说过那么多话。

"等春天看吧。"男青年把水桶扶起来，扛在了身上。大婶"啊呀"一叫，看着他蹬蹬地上了楼，掏心掏肺地笑了起来。

小宁托着下巴发着呆，过了一会她发现自己已经不那么疼了，也不饿了。她捏着身前的绿藤叶，忽然面前就撒下一片光来。她抬头看，睁大眼睛——她确定了楼下真的亮起了灯。她看到了穿着蓝色毛衣的宽厚的胸膛，和一个干净的下巴，是那个男青年。

小宁忙把头缩了回来，像他会看得到她似的。她静静地看着面前一团柔和的光芒——她的房间从来没有出现过灯光。她听到了那个男人的声音，他的声音很轻，可就像唯一的声音一样是确凿无疑的，他叫道：

——明明！

明明什么？小宁想，明明是晚上？明明在这里？但是……

但他一直在轻轻地叫着，明明，明明，明明。小宁知道了，明明是一个人的名字。

"啪。"

小宁猛地一激灵。然后是持续的、有节奏的"啪"的声音，比第一声轻了许多，同时还有轻快的垫步声。小宁缩回身子，抬头看着漆黑的天花板。

他在跳绳——这怎么可以？

小宁被吓了一大跳。她直着身子，都感觉到贴着鼻尖的天花板的震颤了。她伸出手去,摸着天花板,像手上乍停了一只大鸟一样,咚啪,咚啪。

一个晚上小宁一会站起来,一会躺着。跳绳后来终于停住了,但失眠的夜晚已确凿地被打破了。站起来的时候她不知道为什么有些雀跃,她从床这头走到床那头,踮着脚走在床边。最后她还是趴在了窗台,看着叶片摇晃。楼下一片漆黑,可是小宁忽然觉得无所谓了。她不知道哪里生出来一股积极的豪气,想着妈妈不回来也有不回来的办法。

但第二天小宁就被捉了起来,在早晨的时候。她睡得太香,连哒哒声也没有吵醒她,但小宁妈妈却是不会为此感到惊奇的,她充满红血丝的双眼盯着她关注的事情——她把小宁捉到了客厅的矮桌上,桌上是新鲜的饭菜。

——吃。

小宁吃了。

——饭菜吃了,你是不是我女儿?

小宁顺从地点头。

——你今年快十四了,你知道我十四时在干什么吗?

小宁摇摇头。但她却忽然想,咦,她是十几岁时生的我呢?那她十四岁时应该在干什么……

——你该找些事情做了。

小宁动作缓了一下,然后继续低头慢慢扒饭。小宁妈妈站起来,开始收拾碗筷。她把空碗一个一个叠在一起成一摞,推开窗户,把碗放到残缺的防盗网上摇摇欲坠的水盆里,她放平了水盆——或者是故意抖了些声音出来。她又走到小宁面前来,用一种轻松但高傲的口吻说："就这样吧,你想想。"她踢了踢身旁的小板凳,脚尖拨左边一点,又拨右边一点。

小宁瞥了一眼破瓷砖的裂缝,觉得比她来时又大了许多。

那天晚上躺在床上的时候她想了许多,她从没想过那么多——也许是因为白天时她不得不在一个个短暂的睡眠里挣扎,夜晚时她又疲于失眠的过程。她其实有过祈祷和哀求。她每天晚上都在努力睡觉,就像她每天清晨祈祷这一天能幸福快乐一样地努力。努力、徒劳并且永不止息。

她听着跳绳的声音啪啪地响了起来,感觉到一点点的崩坏。

在小宁开始每天跟着小宁妈妈拎着板凳出去之后,她彻底失去了睡眠。

小宁平静地接受了这件事,但奇怪的是她并没有迅速消瘦憔悴下去,甚至相反的一向黯淡无光的皮肤渐渐光润,像是终于冲泡开的茶叶有了一点舒展的样子似的。而小宁妈妈则忽然地变成了老妪。

有个客人捏捏小宁妈妈的小臂,捏起来的皮肤像是老人满是瘢痕和沟壑的鸡皮似的,客人登时放开了手,变成了个讲究的人,扫了一眼坐在板凳上的一排女人们,大家都感受到了侮辱。

回去的路上小宁妈妈怒气冲冲,小宁沉默地跟在她身后,在小宁身后还有别的中年女人们手中凳子碰撞着凳子发出的声音以及不轻不重的笑声。

小宁妈妈先一步摔门回到家里,把锅碗瓢盆碰出乒乒乓乓的大声响,而小宁慢腾腾进了门,只一句"我不饿"就四两拨千斤地拨了回去,她走到卧室里躺了下来。越是失眠的人越是和床长在了一起。

床头洒下一团光芒。

小宁拿着凳子下楼,几次见到那个男青年,他也友善地报以点头和微笑。小宁妈妈自然是嗔怪地扫了一眼,蹬蹬走在前面,小宁步子却慢下来,只不过略微低下头去。她正好到他肩头,从狭窄的楼道擦身过去,她的发顶就轻悠悠地从他泛青的下巴下侧过去。她透过发丝间的空隙,眼尾还能扫到他的眼角,一瞬地就平整了下去。

她往往头低得更低。她觉得可以说些什么,譬如可以让他知道她就住他楼下。然而他似乎终于没有耐性——她的确也没有什么值得他瞧得起的。

"这栋楼就要拆啦!"小宁妈妈拎着拖把,走到小宁卧室门口。

小宁脸朝着光,也不回头,哦了一声。

"是不是楼在你面前拆了你也是这副样子? 住哪里你想过没有? 怎么生得你这副公主样子……"小宁妈妈语音后带了一点刻薄的笑,小宁翻过身子去,等着她把话说完,然而小宁妈妈却把拖把一斜,拖把头狠狠往床脚一顶,做出专心拖地的样子来,"谁养得了你? 你可得自己想办法。"

"我可不做那些事。"

小宁妈妈登时把拖把一摔,脚后跟往后一立,早有准备似的,"你说什么事? 你说。"她人俯下来往小宁身上一掐,小宁反手身子一缩,小宁妈妈作势就要跨上床。小宁推搡起来,眼泪就涌了出来,

"你别上我的床!"小宁妈妈反手甩了一巴掌。

寂静后,连续不断的啪啪声却响了起来。

小宁和小宁妈妈不约而同地抬头看了看天花板。

小宁妈妈就叫了起来:"年轻人不得了!以为自己住的是什么地方,再跳一跳这房子不用等拆的那天就能塌下来!怪不得我说怎么睡觉时总觉得有声音呢……"她伸手拍拍天花板。"干吗啊你!"小宁抱住妈妈的手肘。小宁妈妈叫道:"别跳了!喂!"

楼上的啪啪声仍是不断。

小宁妈妈直接拎起拖把,直起身子就想去捅天花板,小宁整个人扑了上去,但小宁妈妈一只手就把她甩开了,"你要死啊。"

小宁被这么一推,反而泪也不流了,她冷下脸,说:"你也只会做这种没脸的事了。"小宁妈妈举着拖把的手稍稍放下来点,回头看着小宁脸上挤出来的一点讥讽,居然呆住了。

小宁心里蹦蹦跳,数着呼吸。然而小宁妈妈胸脯剧烈起伏着,却也不看她,顿了一会就要下床。小宁不知怎的心里一慌,伸手就要去拉她,小宁妈妈手一挣,举着拖把的手直直打了下来,小宁脑门上邦的一下,她直接倒在了床上。她看着妈妈走出门去。

风一吹,卧室门就合上了。

楼上的啪啪声不知道何时停止的。她已经很久没听到他叫明明的声音了。

小宁动弹不得地趴在床上。

她似乎是做了个梦,她脑袋被砸出个洞,流光了血。她翻身,发现自己飞了起来,她的手臂变成了翅膀,她变成了一只蝴蝶。

床前的光芒还在,她扇动翅膀扑了过去。藤条青碧碧的,她沿着藤子一直向上,一直向上,朝着光亮处飞。

光却忽然灭了。

她飞到窗台,停在空中了。那个男人站在她面前,他变得恶狠狠的,他拿出一叠照片,一张张撕得粉碎,撒了出去。他把跳绳往外抛,把水桶连着水哗啦啦地往外洒然后砸下楼。

她抖抖翅膀。

男人伸手把灯罩取了下来,往她的方向砸了过去。

他叫嚷着婊子,她在他的叫声中坠了下去,一片片叶子刮过她翅膀上的鳞片,亮晶晶地撒在她柔软的肚皮上,她直坠地狱。

那是小宁在柳叶市做过的最美的一个梦。

桥

人往往在做了一件事后，才恍恍想起这是以前从未做过的——甚至多多少少总觉得这是不该做的事情。方秦就是在恍恍惚惚中脚步一拐，第一次走到了桥下。

方秦无数次经过这座桥，它横亘在联通学校与家的必经之路上，灰惨惨地把这周围数里的区域划分干净，桥上是乘车路过的白领、学生，桥左是一大片红墙居民楼，住着从不同地区来叶市的底层外乡人，桥右边是个矮坡，坡下有些按摩室和大排档——是那些外乡人的好去处——不是她该来的地方，小时候她妈妈抱着她坐在车里就这样告诉她。

方秦转而想起自己摔门而去之前妈妈说的最后一句话："……没有我噢，你爸早就牵着你去坐桥底了知道么。"那一口叶市话软绵绵地挠人。方秦湿漉漉的双眼，瞅着眼下污浊的溪水浮出一朵幽暗的气泡，母亲坐在沙发上拉扯着丝袜的样子又浮现在了她眼前。

——方秦咚的一声把书包砸进了溪里，接着是手机。她仓皇地望着四周，父亲的背影鬼魂似的缠着她，她终于忍不住一屁股坐下，号啕大哭。

痛哭时无论多声嘶力竭都觉得哭得不够爽气。方秦索性躺在这外乡人的草地上蜷成猫似的抽抽着哭。她竟真的除了哭什么也做不了。她扒拉下自己的鞋，一只一只"扑通扑通"地砸进了溪里。浑浊的溪水被砸出一连串的臭气。

一阵痛哭结束后，才发现天已经黑了，没了哭声的小坡似乎蓦然变得安静。她忽而听到身后有轻微的嬉笑声,猛然回头,看到桥洞前站着个衣衫褴褛的胖老头,甸着圆滚滚的大肚子笑嘻嘻地瞧着她,"看嘛,喔唷,是恶学生崽啵。"突兀的外地口音。

方秦一骨碌坐了起来。鼻腔里囤积的鼻涕几乎呛到了她,这人哪里来的?桥底还能住人?她甩掉盈在眼眶里的眼泪,看着黑乎乎的桥底慢慢又走出个人来,她警惕地忍住了抽泣声,哦,也是个老头。瘦得皮包骨了,满脸的黑褶子,也是衣衫褴褛的,好像还隐约闻得到臭气。

看来都是乞丐吧……

瘦乞丐望了她一眼,皱巴的脸松弛下来:"小小年纪就哭,以后可有得哭了。"

也是外地人——方秦其实哭累了,像被拧干的海绵似的黏糊糊的说不出话,却又空落落的,风一吹四面都透凉。她本来也没有和这样的人说话的热情,只低头看着自己脚上松垮垮的白袜子,默默吸溜着鼻涕,只当他们在自说自话。

胖乞丐说:"这溪水才几米深啊,跳也淹不死人哩。"

瘦乞丐说:"好好的小姑娘,要跳也不跳这样的臭沟沟。"

胖乞丐的声音低了下来,口气中多了些促狭的笑意:"喏,对面那王老太得救回来了啵。死都死没得。现在天天哭得啊……估计没过多久就要来我们这边了哩。"

瘦乞丐没说话。

胖乞丐又说:"人家老太太几鬼精哩,要死要活也没来这边。你倒好玩,还自己兴冲冲地……"他忽然住嘴不说了,只是一脸悻悻地啧啧两声。方秦有些遗憾,不过也听不明白。胖乞丐话锋一转,又乐呵了："话讲回头，有个老太太一起玩也好玩哩啵。"

这种俏皮话大概只能用家乡的语言才入味。方秦差点笑出声来，却听到瘦乞丐说："天黑了，再回去睡一觉吧——小姑娘？"她像是偷听被发现似的惴惴地回头看他，抹抹脸上未干的泪痕。

瘦乞丐半身探进了桥洞，忽而转身出来，一手拿着个瓷碗，一手拎着双鞋，放在了桥洞前："拿个硬币坐公交回家吧。鞋干净的，光脚出去会扎脚。"他也不看她，东西一放就又回到了黑乎乎的桥洞里。

"哈！"胖乞丐笑了一声，"睡觉睡觉！"他粗声一嚷，扫了她一眼后也钻进了桥洞里。

四周一嚷过后，又安静了。方秦已经不想哭了，只是不知道自己该去哪，上晚自习还是回家？桥底果然是个奇怪的地方。她摇摇晃晃地站起来，走到桥洞口，天一黑更是什么也看不见了，只隐约听得到翻身的细微声音，那么早就真的睡觉了？她哑然失笑，走了几步低头去看瘦乞丐摆在洞旁的东西。鞋子是帆布的，居然不很旧，而且还是女鞋，只是不知道是国内哪个屌丝品牌的。她抬起脚来悬空比了比，一抬脚又忍不住嘲笑了下自己，好在一比发现鞋子太小了，绝对穿不了，她有点庆幸。

那个硬币——她俯身看着那个边沿油腻的碗，碗里一枚硬币压着几张零钱。她用指甲小心地拎起硬币来，小拇指在碗中翻了翻——还真的只有一枚硬币啊。她看着那圆碌碌的硬币，凹凸的花纹中积着满满的黑色脏污，心里一阵恶寒，手一抖，硬币就滚下草丛中不见了。方秦蹭蹭手，走了。

最后她光脚回了家。双脚被玻璃碴扎破了。父母终于离了婚，她换了新书包，买来丢掉的课本，补上缺失的笔记，手机换成了iPhone 5。她如母亲所愿刷卡刷到开心后，安安稳稳地继续过她的高三。

她再一次走到桥边时，已经是父母离婚后的中秋。提前半小时放学的恩惠将她陷入了尴尬与苦闷中，母亲自然还在工作没有时间来接她，父亲也不知道会在哪里。他提着行李走出家门时，她并不出门送，只自己躲在被子里，她知道该是这一天，该是这个时刻——直到听到一声"啪"以及脚步声。她猝不及防地落泪，迅猛且无声。

方秦看着堆满车辆的十字路口面无表情，她生怕有一天父亲也会变成乞丐——他也来自外乡，只不过他会说很好听的叶市话。她不知道父亲要去哪里，她也不敢问。

正好撞上的士换班的高峰期，她怎么也打不到车。方秦一路慢慢走，明知是必定的、却还是讶异着看到那座桥，依然灰惨惨的，并无什么不同。一个明亮的色彩突兀地划过她的眼帘——是床被子，她茫然地看着一个中年男子手夹着厚被褥下了桥——桥右边是没有居民区的啊。方秦这么想着，不禁走过了桥。看到矮坡时她犹豫了一会，最后选择站在桥边探出身子探探情况。

她的目光太慢，感官中最先捕捉到的还是声音。

——"哟。你也晓得要来这边看你爸的啊?"刺耳的外乡音，语气令人发笑，毫无疑问是那个胖子。

方秦把目光九十度射向桥面直下方的桥洞，果然看到桥洞边露出一角颜色艳俗的被子，它委屈地鼓胀在男人的臂弯中。

男人沉默了一会，说:"我把被子放下就走了。"

"哟,好不容易来一次,那么快就舍得走啊?没看看你爸?他那个肝痛得他噢……"方秦细一听觉得胖乞丐语气似乎不对,虽也是似笑非笑的口吻,却冷冰冰的。然而她再怎么努力看,也只看得到那一角不动的被子。

男人回话了:"他又不在。"

"你真是够精哩啵。连他什么时候在什么时候没在都了解得通通透透哩,他病成那种死鬼样,每天只讨得了几个钟头的饭,你正好稳稳哩——他一走,你就来咯。"

男人不说话了,那一角被子也缩了进去,然后是被褥放下的声音。

胖乞丐自讨无趣似的又说了一句:"喏,等他走了你就可以把这双鞋带回去给你家宝贝女儿了,只是不知那时候你们家有钱了她还穿不穿得惯唷。他死了,你们家真是又省心,又省钱……"

方秦许久没有再听到那男人的回话,只看到他慢慢从桥洞里探出了身子。胖乞丐的一声"呸"死死追着他,方秦匆忙地缩回头,走到马路边。眼见着那个男子就要走上坡,她不知为何心里慌乱得要命,狠命地往前跑。

那天她跑回了家。家里被收拾得很干净——应该的。母亲把离婚的琐碎事项收拾得干净,方秦也得把自己收拾干净。她不敢去思考那男子与那个瘦乞丐之间的关系,她也不想怀揣着一颗圣母心去计较桥左桥右桥上这些人生活上的巨大差异,她甚至想知道那个瘦乞丐到底在哪里讨饭——不是为了去施舍,是为了躲远些。

她生平第一次害怕得那么真切。她晚上抬头看着月亮,无比地想打个电话给不知在叶市哪个角落蜗居的父亲去痛哭一场。眼泪没有打湿她的数学金榜试题 72 练，梦中的唾液浇灌了它。

而后，方秦依旧坐在车中每天六次往返在这座桥上。她终于觉得自己清醒了。车轮下恶臭的小溪的气味像利剑一般不受干扰地穿过江风与后车窗，钻进她的天灵盖里为她开了窍。她知道她无法像这座桥一样清晰地把一切旁杂三六九等地划分清楚且无形地分隔开来，心无旁骛地朝前奔。

所以收到父亲的来电时，她在痴呆般的"嗯嗯啊啊"的回复中，机敏又迟钝地浮出那个念头来——他是被划分掉的第一个人。

她偷偷去火车站，送走了终于决定回家乡的父亲。竟没哭，只是恐慌。微微悲怆的时候父亲握住她的手忽然道："阿秦，你舍不得爸爸的话那不如……"她吃了一惊，随即挣脱了他的手。

方秦忘不掉他临走时的眼神，圆碌碌的双眼让她想起了那枚被她甩开的硬币。

她也并不是……不羞愧。如果她的母亲在，一定会这样宽慰她："去做你该做的。"

方秦出了火车站，失魂落魄地走在路上。再一次看到那座桥时，她觉得无比沉重。眼前忽然滚出一个巨大的球。"啪"的掉落出人行道，险险擦过的摩托车司机不禁大喊一声"操"后飞速驶过。

肉球舒展着四肢，变回了一个气喘吁吁的胖乞丐。他的圆肚子似乎更大了，让他整个人像乌龟一样缩在路边，应该是摔出来的吧。方秦正考虑要不要过去扶一把，胖乞丐已经一脸焦急地挣扎着直起身来，一溜烟地像导弹一样狠狠奔向对面去了。

他急着去家属区讨饭？

方秦忽而想起上次看到的他和那个男子的争执，虽然还是觉得一头雾水，却也感觉得到这些外来人的景况悲凉。方秦想起那个宽和的瘦乞丐，有些怅惘，索性不犹豫了，身子一转，往右下了坡。矮坡下依旧有芳草依依，只是数月不见更加衰败，慢慢走下去，连疑似的鸟鸣也听不到。寂静之中只有溪水声隐约可闻，犹如密密的小雨打在过分干涸的水泥地上。雾蒙蒙的空气中，那个半人高的潮湿且散发着腐败气息的桥洞就在眼前了。

方秦不自然地咳了一声，四下里并无旁人，桥洞犹如一座枯井，无人应答她。她弯腰往桥洞里探，往前走的第一步，就踢到了什么东西，她低头一看，那漆黑中微微透出润白的俨然是个碗，那个瓷碗。她俯身下去看那个碗内的纸币，愣住了，纸币还是那么厚，依然被一块硬币压着。她将那枚硬币捧着看，还是那么厚的脏污。它被捡回来了。

方秦若有所思地稍稍直起身来。狭窄而漆黑的桥洞逼得她不得不弯下骄傲的腰肢、缩紧了花朵般绽放的双肩，以免不知为何而莫名潮湿的壁沿蹭到自己分毫。她像一只四处乱撞、处处碰壁的苍蝇。在似有预感的心悸中，她左脚似乎碰到了什么。

她整个人僵住了，垂头看着脚边的手，目光往上攀爬，是辨识不清颜色的衣服，躯干的突起隔着衣物更像是盖在破布下的断柳枝。方秦的心要跳出嗓子眼了——她的目光停留在了衣衫的领口，再往前是毫无声息的黑暗，她知道他的脸就浸没在其中。颈处隐约露出的白色，让她认出了那双帆布鞋。

方秦低头看着他布满沟壑的手，攥得死紧。并不安乐的姿态。

方秦惶惶地后退一步，整个人软在了蓬松湿滑的地上，紧接着就听到巨大的一声响。

不是来自这里,而是上面——她脑子都懵了。世界在一片停顿后,只听得到更为急速的刹车声,以及一片落叶般轻微的落地声,像是无声无息的一样。

猛然的寂静中,她听到一段匆忙的对话——

"哎!哎!撞人啦!"

"喊什么喊,他家人早都没晓得去哪边了。看出血那么多,还活得了吗?本来就腹积水,啧啧……"

"那没关我们的事,我们快走快走!"

"爸还在桥下躺倒,恁子走。"

"都撞死个人了还收什么?先走先,这种地方莫得有人来偷哩。"

人声似乎有些熟悉,在她的思考回来之前,嘈杂声已经飞快地追回了时间,淹没掉细语。

方秦颤巍巍地慢慢站来,微微佝偻着腰,她在短暂的呆愣后疯狂地往外跑,连撞到了头都不放松,眼泪同时也呼啦呼啦地涌了出来。

她能握紧的只有手中的那枚硬币。

人往往是很久没做一件事后,才恍惚发现,自己早已决定再也不要那么做了——因为这不是这个人该做的事。

就像方秦,她飞快地复习、毕业、投档、读大学,她飞快地离开这里去往别处,她再也不会下桥了。

处处小事

终于要做件大事了。

林汐这么想。她坐在沙发上慢慢把脚套进靴子,系好鞋带。直起腰之前,拍掉了鞋头上的一小块暗灰。她站起来时,还能闻得到家里那熟悉的味道,交织着醉酒后呕吐物的酸味与尿盆里的臭味,因为熟悉而不显得诡异。她看向时钟,六点三十,还很早,却很闲。也许是因为今天她终于不打算拖干净地板上的呕吐物,洗刷干净母亲的尿盆,为她把换洗的褥子铺好了晒一晒……形同午饭的早饭她也不打算做了。往常此时她正一边煎鸡蛋一边披上校服,等着一熄火就在十秒内盛盘并摔门而去一路狂奔等公交车,十五分钟后为自己在打铃前几秒拍开了教室后门躲过了处分条而庆幸。

都是因为这个家。这个家庭里的每个细节都令她由衷厌烦,她为自己对这些事物的熟悉并已麻木而感到羞耻。但是,却不能疏漏每一个细节。一个细节,比如早饭没煮好,就会让宿醉醒来后的父亲暴跳如雷,摔东西,把床上的母亲拖到地板上,摔在轮椅前,甚至把她的脸塞在尿盆里,叫嚣着要离婚。这样一来,每一件细节,都能让这个家里出大事。

林汐忽然感激于现在所遇的祸患,至少她终于能为自己做件大事了。她回过神来,才发现自己一直捏着一管前几天刚买的疮药膏。她扔到沙发上,拿起包,走出了家门。

她选择了一条小路,不需要搭公交车。出门右拐,往小巷子里走。清晨的小巷总有种湿润的感觉,进去就像是专门去淋雨。她七拐八拐地,看到了一家旅店。旅店里偷摸走出来一对神情怯怯的年轻男女,老板娘站在门口老男人似的挺着肥肚腩抽烟。她低着头匆匆走过去,然后小心翼翼地回头看了它一眼。

十分钟后她走到了一中校门口。高三上课铃正好打响,这个时刻她混在一群尚还悠闲的高一高二生中间并不显得多突兀。也看得到一两个倒霉的正拔腿狂奔,估计已经逃不掉处分条了。一中毫无疑问是一座牢笼似的学校,但还是有无数人千方百计地要进来,哪怕外地生的录取率比考公务员的还低。只凭其重点上线率之高,哪怕冬天经常没有热水洗澡也没关系。林汐从来不觉得它像围城,因为一中的学生,压抑也好,不开心也好,都不愿出来。

林汐慢慢从这个巨大的学生群中走出来。她走到公交车牌前,等车。去她要去干大事的地方。

林汐一走进公园,目光就迅速地搜索到坐在湖边石凳上的杨其。他坐在一棵垂柳下,面前是绿汪汪的湖泊。走近的时候,她还听得到他附近轻快的鸟叫。他并没发现她已经来了,他在看蜻蜓。红色的,在湖面上垂屁股点了点。

"秋天了。还有蜻蜓……"她略带浅笑。

他回头看了她一眼,面色黯淡,早就没了当初看她像是看手心宝物的惊喜。别回头,他说:"这个时候产卵,小蜻蜓也无法生存。"

蜻蜓拍翅膀飞走了,漾起的碧绿波纹一圈圈向外扩散。

她故意让这个时刻轻松些,坐在他身边,"我们已经迟到啦。会有人发现我们的吧。"她摆出笑脸来,她莫名低微下来了,他反倒矜持高傲得像个债主。

"会发现的。"

"是老师、家长,还是同学?"

"你觉得这有意思么?"杨其冷冷地打断她,看了她一眼并移开脸去。

——意料之中、又意料之外的答案,反正也是一盆凉水从头浇到尾。林汐略微愣住了,脑海里不断重复这句话与那冷冰冰的神情,似乎在搜寻一丝可能,然而终于没有。她像憋气憋了太久的儿童,鼻翼迅速地抽动两下后,已经红了整张脸,却并没有热泪澎湃。她从小包里默默掏出玻璃瓶来,说:"我以为可以轻松一点。"

杨其拿过。喉结上下移动了两下,强作轻松地摇晃了下其中的液体,"多亏了你家里有亲戚在医院工作。"

林汐庄重起来,单刀直入:"……你先?"

轻松似乎被打破个缺口,他沉默。

"你是个男的。"林汐说。

他冷笑:"是,不然怎么会弄成现在这样——先后有什么不同的?"

"我会怕。"

"真不知道说你胆大还是胆小。"杨其看了林汐一眼。事实上,他们这件事已经拖了两个星期。从刚开始的绝望、抱头痛哭到现在,他除了开始的惊愕外其余时间都保持沉默,而林汐总是能昂着湿漉漉的泪眼下决定。她从来就不是一个胆小怕事的女人,他这么想,居然生出一丝嫌恶来。

林汐被狠狠堵了一把,顾不上自尊与难过,示弱道:"我怕我喝了,你不喝。"

"你不相信我?"

——她眼泪迫不及待地涌出来,又有点不甘心似的微微把脸转向另一边,悲伤像是筹码,能让她摆高姿态:"我已经什么都没了。你还问我?!"

杨其神情更加疲惫。他把瓶子举高些端详着,透明的液体被湖水的波光染绿,他的双眼因多日失眠而充血,"真的保险吗? 别再受罪。"他此刻才发现自己说不出那个字,那个看起来会让自己现在显得无比幼稚愚蠢的字,说不定就是压垮他的那根稻草,唇齿含糊而过。忽然发现自己是紧张的,紧张到甚至不好意思咽口唾沫以免声音太过响亮。

林汐擦泪道:"你是理科生,你还问我? 这么大的事,我当然检查过。不会很痛,喝下去一会就过了。"

"……"

"一会就过去了。"她安抚。

——杨其依然阴郁,捏着瓶口。听到鸟鸣,又远又近,弄得耳鸣似的。手指难免有些颤抖,可是谁叫他是男的。他一只手扯开衬衫上的第一颗纽扣,扯完第一颗又扯开第二颗——这样煞有介事是不是太可笑? 这明明应该当一件小事解决……他不自觉地抿嘴……

手机就在此刻响起了。他眼神大慌,却仿佛窒息已久终于抓住了呼吸。片刻尴尬后是天平爽快地倾斜,"你先拿着……"他将瓶子往她怀里一塞,手忙脚乱地开始搜寻。"习惯放在这了就没拿出来。"他从牛仔裤口袋里把尖叫着的手机掏出来——就像自杀这件宏伟大事和接个电话一样重要似的。她本能地想伸手去夺,他一个侧身,像是无意地躲过——不差这一个电话。他还可以再想想。

然而，他听了第一句时就白了脸，"嗯……赵老师，是我。"

林汐也不夺，只是冷然地看着他："怕什么，要处分就处分呗。"

十几秒后，杨其的脸反倒泛起了奇异的红潮，双眼绽出光来，连下巴上隐约的胡茬都不自觉抖动了。树顶上一只鸟一叫而过——他嘴角有些颤抖："真……的吗？我以为……"他顿住了，神情局促地看了林汐一眼，"那当时一起去的呢……噢！真的？怎么会……"他像川剧变脸似的又白了脸，"我……我在外面……是，身体有些不舒服……我……"

他话没说完林汐已经蹭地站了起来，他赶忙一把拉住，匆匆挂了电话，"你干吗啊！"他责怪道，并把她摁回了座位。

"你才干吗！干你全家！你还想回学校是吧?!"林汐顿时脸胀红了，挣扎着打开他的手，"你要我怎么样啊你！你回学校算了你！我死了你也不用承认什么好不好！"多日来的压抑终于让她变成了一个彻头彻尾的怨妇，"这么大的事！决定好的是不算数吗?!你是没关系啊。我不死我还能干吗啊？等着被一中退学啊？领回家打到死然后上新闻上头条吗？当初要不是你……"

"别疯了！你知道吗——"少年的脸逐渐红润回来，一把拉近她，"M大的考试，我们过了！"

她瞬间愣住了，几秒后才不可置信地说："怎么可能？"

"真的！学校今年多争取到了两个名额！我们都过了！"他狂喜，"M大！是M大！"

她神色飞快地又转为忧郁，"可是……"他的狂喜适时地沉淀了。

——"那可是M大！"

"这是大事。"她摇摇手中的玻璃瓶，说，"是你动摇了吧！是你想去！那我怎么办？那东西不长在你肚子里！"她咬死了这一点，有恃无恐。

杨其正要理论，铃声又一次响了起来。两人望向少女用来装玻璃瓶的包。冷笑的神情顿时换到了杨其的脸上。"我是出门太急忘记把手机拿出来了！"她急着划清界限，一面翻包。

"所以顺便还带了钱包？"他扫了一眼包里，不肯放过。

林汐白了他一眼，拿出手机来，一看，脸都僵硬了，"我爸……他不应该这么早的。"杨其顿时坐直了身子，"你爸知道？"

林汐手抖了起来。杨其从来没见她这样过，连两丸瞳孔都像是被扎了一针，他握握她的手——手居然也冰了。

她觉得那层牢笼又朝她袭过来了，满头满脸地罩着她。然后嗤啦一声狠狠把她分割回原来的样子，她变成无数个林汐，一个用来安抚父亲，一个用来照顾母亲，一个做家务，一个用来学习，而且永远不够，无休无止的……她永远做不完那些杂碎事！林汐的委屈与愤懑成功战胜了恐惧，她甚至已经升起了宁愿鱼死网破的万丈豪情。她稳稳接电话的手："喂？"

她的山寨手机把电话那头的声音扩大了不知多少倍。豪情等来的却不是真刀真枪硬碰硬，而是哭声。

他俩面面相觑。

"喂？"林汐试探道。依然只有哭声。"是我妈。"她的神情很扭曲，不像是悲伤也不像是心疼。电话那头的哭声像极了因有恃无恐而歇斯底里的儿童，没有理智，横冲直撞。这边，又一只鸟发出一声凄厉的清啼——

"喂！喂！喂！"她开始嘶吼起来了。杨其显然也被吓到了,故作镇定地拍拍她的肩膀以示安抚。

——"唔,你晓得慌啦?"宿醉后的声音,还残留着酒意的痞气,含糊不清地咬着舌头。她听到的瞬间就觉得恶心想吐。电话那头又添了尖锐的砸击声,哭叫声犹如又突破一道堤防的洪水一样汹涌发泄。

她咬着下唇不说话,万丈豪情变为两个清晰的齿印。他尴尬地一同沉默。

——"没说话?"更是巨大的砸击声轰然响起,哭叫声变成了狠命的干吼。

——"你不是要走咯！你走啊！走啊!"已经变成豁出去的胡搅蛮缠了,砸击声的节奏简直是要拆房。"走啊！你走啊！你放心走!你当心点走！林汐你好样哩!"

这句话清晰地传到这对年轻人的耳中,同时还有令人生厌的哭叫声以及器物破碎声——姑且只当是器物破碎吧。他避开她眼神的姿势有些明显。

柳树上传来一连串"咯咯咯"的欢快鸟叫声,叫得和鸡似的。

她的心传来重重而长长的一声"咚——",像钟一样,她浑身细微颤动。她的天平颤动了,即便她坐得像雕像似的。但是每一声撞击、每一声哭叫都像银针一样扎过来,又细又密……她想到母亲刚生的褥疮,又恶心又伤心。这一刻她知道天平的一端已经落地。

她松开握着玻璃瓶的手,双手握住了手机,终于面无表情、吐字清晰:"我有点事。晚上会回去做饭。妈的尿盆你不收拾就放那,晚上我再收。"

挂了。

林汐瞬间软了下来，以脊梁为线双肩软塌下来了。她的眼泪落得又迟又困难，杨其等了许久才等到一滴细碎的泪，她蹭一蹭肩头就蹭去了。内心所筑起的宏伟大业已经粉碎成渣，最后还是回归成可笑的尿盆，以及生疮的黄黄脊背。

"现在怎么办?"杨其也开始试探。

林汐吹着湖面上的风，觉得皮肤都吹皱了。她又抹抹脸，"我也不知道怎么办。我得回去……"

一锤定音。

"对。这事，当小事处理就是小事嘛。"杨其赞同并这样强调，又一丝不放松，"去 M 大! 我们可以逃开这个地方的! 只有在那才能真正做大事，做自己想做的!"万丈豪情从未显得那么轻松滑稽。

"你钱包里有多少?"

"四百多一点……多二十来块。"

"还有办法! 你愿不愿意?"杨其紧紧握住了她的手，眼里的热切光芒仿佛企图安抚她说"不要怕"似的。他的眼神往右边扫，她顺着看过去，公园是开放式的，右边是一排商店，"什么啊?"她面色沉沉。

他说:"就是那。"他尽量放慢了指向的速度，"你看到那个牌子了吗?"

血惨惨的两个字瞬间刺进了她的双眼。虽然早有预感，但忽然看到，比灯火阑珊的回头相遇要惨烈多少倍，连呼吸都无。他说得很轻易，"小手术，我记得，两百多就可以搞定了。"

杨其紧紧握住她双手的动作，简直让她想起医院的搪瓷托盘里用来探秘的冰冷器械……她无力道："那种小诊所……"她终于没由来地觉得羞耻与虚弱。当初赤裸相拥时的温暖、疼痛、美妙变得冷冰冰……她想起那个小旅馆，街角的小旅馆。她一点都没有忘，小旅馆里的一切，没日没夜的疯狂，他的眼睛、鼻子和嘴唇，彼此听得到的心跳——怎么会这样？她抗拒起来，"不！我不要！好恶心！"

"……小诊所才不用监护人签字，方便多了。我听人说，一点也不痛的，三分钟，就完成了，你就眯一会就好了。"他顿时像一家之主一样，对待她的反抗像是对待闹脾气的小女儿似的。他稳稳握着她的肩膀，慢慢站了起来。

林汐嘴上是不断重复的："你知道那东西伸进去会是什么感觉么……"她连声音都在抖，但显然已经埋起了"你早就打听好了"的不甘心，这从她顺从地站起可以看出来。她双眼中确实的恐慌是从未出现过的，她双腿已经没了力气，交叠着形成一个不稳固的X——那比杀了她还难受。

……她会变成从内而外慢慢死掉、腐朽的人……浑身长满了疮，然后死！没什么不可能的！

她能不回去吗？那个家里破碎的关系还需要她去维系，尿盆需要她收，饭需要她做，妈妈需要她照顾……她无数次希望这个女人早点死去把她的负担带走，但她不能不考虑她。母亲的小事让她注定成为了一个为父辈琐碎家事而从小奔波的没出息的女孩——她甚至没狠心把那管药膏出门前狠狠甩下楼。

她死也要考虑母亲。她仁至义尽。同为儿女，肚子里这个胚胎……她不能陪这个胚胎一起上路了，杨其也不能。她以为这是个炸弹，能把她琐碎的生活炸得一干二净，没想到却是累赘，她投身生活的泥沼前还得忍受巨大苦楚把它拿掉。它不会有怨言吧。她破碎成玻璃碴的心已经不容许自己有一丝抵抗和罪恶感了。

"嘣!"

她蓦然一惊。只看得到柳树上炸出闪着光的玻璃碎片,噗啦噗啦地四落。小鸟短促地一叫,拍翅飞起。拎着包的杨其拍了拍自己的双手,像个可笑的暴君——他一点都不考虑到小蜻蜓会被毒死吗?

"我们走吧。小事情。"他搂着她的肩膀,近乎慈爱地说。林汐面无表情,看到湖面上的水雾已经散尽。

当初不应该选择那条路。当初就应该约得更早。当初就应该用更惨烈的方式……林汐这么想着。那块鲜红色的招牌像滴血的旗帜朝她招手。

红
丝
绒

杨其又是被那个噩梦惊醒。

　　他脸像是冻面筋一样不能动弹——梦里他被丝绒铺天盖地的巴掌抽得脑袋昏聩，她的指甲在咔吱咔吱地抠着他的颈窝，她张开嘴压下来——像是要咬他，他狠狠捂住把她撑开来，像撑开一把弓，直到她像箭一样不可抗拒地压回来，嘴巴一张一合。他宁愿丝绒咬下来。

　　杨其没听到她要说什么，就醒了。为了防着真有那天，他觉得早晚有天他要在枕头底下塞把刀。

　　卧室里清晰的啪嗒声像走钟一样，杨其盯着黑漆漆的天花板好一会，直到身上又有了感觉，感觉到凉沁沁的冷汗，和黏腻的手心。也许因为林融捻着他的手靠了过来。他竖着耳朵，缓了好一会，侧头，正对着林融一双安静的眼珠子。

　　杨其把气缓缓吐出来，握握他的手。林融的手冷冰冰的。他低声说："我去看看。"

　　今晚丝绒的手是空的。他拉开门缝。主卧没有光，窗外有淡淡的天光一层一层地扫过来。铁栅栏的影子从她紧抿的唇缝正中，准确无误地，一根一根地掠过去。她就像上了发条的娃娃在走，睡衣也是柔和的粉色，绒绒的，和沙发一样的颜色……林融头抵到杨其颈窝。

　　杨其喉咙底发出一声轻微的满足的滚动声，唾液像轮子经历了小小的卡壳后顺利地运转，他安抚说："看，她今天很好。"

　　林融冷冰冰地沉默着，手像垂柳一样没什么重量地搭在他的肩头。杨其回头,握着他肩头,"至少她今天手里是空的……"他有些急切了,林融纹丝不动的眼珠子转了转,眼神平移到了杨其的脸上,"她在说话。"

杨其转过身去。丝绒走得快了,即便是绕着沙发,却像发条一忽儿拧紧了,粉色拖鞋啪嗒啪嗒地响像在催促着什么——快了,他几乎看不清她眉头拧紧的样子,但她嘴巴慢慢地在开合,要发出音节……

静默地,一忽儿像是拨到了另一个空间去。杨其张开了嘴巴,他什么也听不到了。空荡荡的脑海中像有只手拨弄着一根弦,却毫无声音。

"杨其,"林融掰过他的头,脸上含着一分讥讽,"她说,不能再这样下去了。"

杨其的脸拧过来,又移回去,像是要确定,然而脸上那两道子肉微微颤了颤,生出了一种先知般确凿的冷静。丝绒还在门外走动个不停,他脚已经往后挪了一步。林融冰块似的手拉住他,想要讲道理一样的表情,"杨其……"但他摇摇手,错开去,往床走。

林融负气似的上了床,丢下一句,"这样是不行的。"他们不再说话,心怀鬼胎地睡在一起,在啪嗒声中。林融冰冷的脚搭在他脚边。

他心脏嘣嘣地敲打着血管与皮肤,顶到喉头上来,然后他再硬生生地吞下去。

汗如雨下,泡在汗津津的湖泊里一样,杨其避无可避地做了第二个梦。

这个梦他做过无数次,一开始他就感觉到了深深的疲乏。那是他小时候第一次看到杀牛——但因为回忆太遥远,而梦境重复永无止息,他怀疑过无数次这是否真的发生过。年幼的他牵着母亲的手,站在人群中,看着一头可笑的黄牛。它的三条腿被分别用绳子系紧了绑在三条木桩子上,这让它多出来的一条腿分外突兀,颤抖却发现连跪下来也不能。人们围观着,屠夫往牛的额头一颗一颗地钉钉子,当当当,钉了三颗。牛头流满了冒着热气的鲜血,它在嚎叫——但他却什么也听不见。他知道它在叫因为它张大了滴着血的嘴巴,他看到了它嘴巴里牙齿、舌头在抖动。而他的听觉却变成了空白。

他叫着妈妈、妈妈,但母亲并没有回头,和身旁的陌生人说着话。他在大人们的大腿下,没有人看到他。

他像来到了另一个空间。他想跑——他也的确那么做了,他给手脚下达了命令,但他却忽地听到咚咚声,就像有木桩子围着他钉了下去,一个个的木桩子,一个圈子一个圈子往里钉,他不能动,他很快就变成了肉酱。

他清楚地记得时间,那是父母离婚后不久,母亲牵着他回乡下去住的时候。

然后他相信了这个梦境,并反复地承受。高中的时候,他曾经跟丝绒说过这个梦。丝绒认真地纠正,说:"不对呀,要是牛只绑了三条腿,那剩下那条腿怎么会不伤人不踹人呢?"

"或许是它太害怕了?它太害怕了吧。"他说,"所以不能跑呀。"

杨其一觉睡到了第二天中午。

枕旁空空如也,林融已经去上早班了。他摸起来,慢慢洗了个澡,然后坐了好一会,把头发弄干。他想着丝绒,总该做点什么,不能再这样下去。

……客厅有人来过。

他光着脚一走出卧室,就闻到了陌生的烟味,还有一点点微不可闻的男士香水的味道。他环视了一圈,缓慢地,然后去看烟灰缸,有没抹干的水渍。他走到厨房去,丝绒坐在小方桌旁,她扎着丝巾,一身黄色的连衣裙——那是她最好看的裙子。自和白宁分手后的半年,她第一次化妆。她抬眼瞥了他一眼,不吭声地喝着酒。

杨其径直走到冰箱旁边,弯腰看向垃圾桶,发现了烟头。他捏了一捏,湿的,是爆珠。他脸上不禁带了一分冷笑,又走到丝绒面前去。她今天气色真的好,白里透红的,也许是因为化了妆,也许是因为裙子。

丝绒侧过头,捂着嘴轻轻地打了个酒嗝,然后头一歪靠在了手腕上,薄薄的头发披下来遮住了半边脸——和以往一样,一副潦倒的、让人心碎的样子。她的眼神从披散的发丝间立起来,像眼镜蛇一样看着他。

杨其把背脊直了起来,把她轻蔑、挑衅又示弱得恰到好处的眼神顶了回去,"你别装了。"

丝绒整个人就应声地弹了起来。杨其有预料似的一把捉住了她的手和手里的酒瓶,摔一般地把她压了下去,可是手上偏偏还用着点劲,不让她倒了。丝绒恶狠狠地把脸凑过去,哑着嗓子,"我装什么?!"

杨其松开手,把她一推,直直地看着她。丝绒跌坐在椅子上,一副随时准备歇斯底里的样子。他动动嘴唇,说不来话。一副要颓然却又没有的样子。"你就是仗着我心软,我要是白宁……"他坐下来。

丝绒眉毛一竖，扬手就把酒杯往他头后面砸了过去，酒杯碎裂声炸在他脑后的同时她开始号啕大哭，并揪着他领子，"杨其你他妈凭什么提白宁！你他妈对我不管不顾的，你说我仗着你什么了！"她很快手围着自己把头埋了进去。

杨其头痛起来，没什么比和女人吵架更烦的事了，但他偏偏长年累月地要看到丝绒大吵大闹的样子。他面无表情，"你不忙哭，先告诉我，你把谁带回家了？"

丝绒立刻就停住了。她抽抽两下，直起身来，眼神闪烁了一下，但是是浑不怕的，"怎么了？你怕了？"

杨其冷哼，"你作孽作的还不够？"

丝绒笑笑，"跟你比起来，是还不够啊。"

杨其眉毛拧起来，"芮丝绒，现在是我养着你，你搞搞清楚。"

"那是为了结婚。你只是为了结婚。不是你养着我，你写字一个月能写多少？这房子跟你又有什么关系？这房子还不是那个……"杨其把丝绒揪着领口提起来，"你要说什么？"丝绒瞪着眼珠子，一字一句地说，"还不是林融那个贱种用死人的钱买的！"

杨其扬着的一只手扇了下来。丝绒踉跄着往后退，"我嫌脏！杨其我告诉你，是他养着我们呢！你哪有权利说话！"丝绒一只手捂着脸，一只手扶着椅子哈哈大笑。杨其还要再分辩，手机铃声又正好响了起来，不能不接的号码。他剜了那女人一眼，要走到卧室去，丝绒人又扑了上来，"你知道个屁！杨其！"她立刻就弄得满脸是泪，脸皱成一团。杨其捏着手机，厌烦地把她人往外一拨，走回卧室去。丝绒在哭天喊地，他把门关起来。

"妈。"他向着窗站着，翻动着桌面上的一叠资料，"还没成选呢……钱啊，钱还够。"他有些应付了，看着纸上的图样和数字，手指略微翻动了两下，心里已经在比较着银行卡里的余额，"丝绒在睡呢，您知道的，我可不敢叫她起来……是是。"

窗外破败的枝条吹来吹去，不见一点新绿。栅栏都已经脱漆了，还得找时间重新刷刷，得留好四扇窗的钱。

他们说了半小时。长辈口中说的无非是房子、酒席、孩子、工作，他需要说的只是丝绒、丝绒、丝绒、丝绒。

杨其回到厨房去时，丝绒已经趴在桌子上睡着了。她安安静静地趴着。下午的阳光透过床帘照出一室的光彩琳琅。

他站了一会。不知道站了多久，他才想起来为什么自己怔忪了那么久，原来已经有多年没看到她睡着的样子。他上前去拍了拍她，粗声说："丝绒，丝绒。"丝绒纹丝不动。他默然地去拿她放在一边的包，包拿起来，就有东西啪地掉到了地上，声音像是软绵绵的闷弹。他低头，看到一条粗绳子，可能本来放在包底下的。

他拿起来，看了看。她上次梦游时手里拿的是这根绳子吗？他心里一沉，从她拿着刀拿着绳子梦游后他就已经把家里所有能伤人的东西藏了起来，甚至是刀叉。这本来是她最害怕的东西才对啊……

杨其又打开包，包很小，打开便一览无余，一支口红、一面圆镜、她惯用的手机。他不信，翻夹层，什么也没有。他忧心忡忡地坐着。

在搬进这里之前——丝绒和最后一个男友分手之前，她的包里永远放着一瓶紧急避孕药和杜蕾斯。药一年只能吃两次，但她换瓶子一年都不止两次——当然有时候会不知道丢哪去。她就是这么个女人,对男人的破坏力也毫无知觉似的发泄到自己身上。

这一次什么也没有。

杨其是确定的。毫无疑问的,有一个男人闯进了他们三个人的生活中——在丝绒重新开始好好生活、一切都上了正轨之后,在他们买好了房子、订了婚期以后,在他们决定三个人一起好好生活以后。从一个多月前他第一次闻到丝绒身上的男士香水味开始,然后她开始梦游。他看到她拿着绳子哭着绕着沙发走的时候他简直疯了,高中发生那件事后,她恨一切能捆绑的东西,甚至是项链,她哪来的绳子?

他有些迷茫地看着丝绒和她脖子上系着的丝巾……这是他第一次看到她戴这玩意。他感觉到太阳穴突突突跳个不停,他顺着桌子扫过去,倒下来的酒杯,打泼的酒浸到面包机、咖啡机、煎蛋器的下面,机器浮着一层灰。就像这个女人和它们丝毫没有接触过一样。

他想起了很多个早晨,他穿着拖鞋走出来,看着林融教丝绒煎蛋的样子,丝绒低着头把蛋液里的碎片一点一点地挑出来,林融捏着蛋告诉她要磕哪不要磕哪。她在早晨熹微的光里披着柔顺的长发给林融帮倒忙。杨其从高中的记忆开始往后倒,他真的没见过她那么乖的样子,只在那段时间里。

就这么被一个男人给破坏了……他最好的朋友、亲人。

杨其手抖了抖。丝绒在醉意中把头偏向了窗外。他想,最糟糕的是,这个男人甚至不是床伴。他把丝绒的手机掏了出来,锁屏页面是一片漆黑——之前换过那么多的男友,她的屏幕永远是他和她高中时站在操场的合照,现在什么也没有了。密码他试了自己的、丝绒的生日,都不对。他正要放回去,就看到屏幕一闪,声音响了。

他猛地塞回包里——丝绒身体小小地一起一伏,像是丝毫没有被惊动。

杨其看着包,紧张了起来,那种奇怪的感觉——就像初中时他第一次无意中搂到了一个男同学的腰时,那种压在舌头底下秘不可宣的感觉——他一点一点把手机抽出来,屏幕上是没有备注的号码。只看得到开头的几个字:"你快走吧……"

杨其的呆立几乎不足一秒,然后他机械般迅速地,把手机、包都放回了原位。他僵硬的脸略微抽动了下,以确定还能正确地活动,他大步流星地走到客厅,劈手拿上钱包和手机,走出家门。

他什么也没有想。

他选择坐上了一辆公交车。尾座。那是他高三后期养成的习惯,一旦心情不好,晚自习也不上,冲出校门搭上公交车,什么也不必想。

但现在不行,他和丝绒已经决定要结婚了,不是儿戏,他们已经通知了在老家的家长们,他们已经住到了一起,他们已经买好了房子——虽然是林融用死去父亲的家产付的首付,他们还要订酒店、订礼服、装修房子。他们本应该高兴地生活在一起,他和林融好好的,丝绒以后依旧可以认识一个个的男人,在外面……但他们是家人了。

杨其手肘撑在膝盖上,手包着脸。他是一家之主。他在空荡的透风的车厢里,埋起来,打抖,再慢慢直起身子。

公交车经过一个湖面,湖面上有鱼吐着巨大的泡泡,吐一下缩一下。灰枝条一拂,忽地又不见了。到了城郊,都有肉铺了,一排排挂着棕红色的牛头羊头。它们用黑洞洞的眼睛瞧着他,他无处可逃。

他掏出了手机,打开备忘录,慢慢看着宾客名单。他手指划着,有股暴戾的念头——不然全都删了吧,算了吧算了吧。但他指尖落下,只是打出了也可以去的几个人名,可以凑个吉利的人数。他是一家之主。

等到林融的短信来时,杨其已经从终点站下车并走了有半个多小时了。林融问:"做菜了吗?"

——她酒都没醒吧。

他们商量着买什么菜。

杨其走到路口去,他走得像条狗,然后干脆蹲了下来,看着这条完全陌生的马路。陌生的路总是千篇一律的样子。蹲了不知道多久的时间,他才打到一辆破旧的红色出租车。他看着车镜里的自己,失魂落魄的样子,他在镜子里躲闪着司机的眼睛——他觉得自己看起来像个抢劫犯一样。"长宁路上的菜市场,快一点。"于是没再说话。

回到家时,林融已经围着围裙在炒菜了。丝绒并不在方桌上,林融朝他努努嘴,示意她回房了。地是干净的,酒瓶也放回原处,杨其把包放了,走到厨房,连垃圾桶也换了袋子,林融已经整理过了。他把排骨和海带放在案板上,就着方桌坐下来。

林融的背影窄而小。他穿着浅蓝色的毛衣,露出一截细长的脖子。

"她朝你发疯了吗?"杨其问。

林融摇摇头，冲洗着排骨，忽而抬抬头，"杨其，我们该交月供了。"

杨其说："不会总让你来撑的，我这几期的书评影评的钱马上就到账了，以后我也……"

"杨其，结婚是大事。你和丝绒应该谈一谈。"林融说。

"我不想和她谈。"杨其顿了顿，"要是之前，你和她谈，她一定都听你的。"

杨其换伴侣换得并不多，大学毕业后，林融是第三个。比起之前的，更乖巧更娇小，又有一点伶俐聪慧。林融的出现，几乎让杨其一度失宠，他真正做到了 hold 住她又哄得住她，让白宁的存在黯淡无光。丝绒天天笑嘻嘻跟杨其说："哎，就林融了，不换了。"杨其也天天迎回去，"就白宁了，不换了。"林融就带着一点笑在旁边听着。

林融轻轻坐到他对面，"如果当初她和白宁成了呢……"他慢腾腾地这么说。

"如果当初好好谈或许还有可能。"杨其说。他想起他们知道白宁把丝绒锁起来时的那个大雨夜，他和林融套着两套破雨衣沙沙有声地赶过去。林融抱着丝绒先走，白宁坐在沙发上抽着烟，火光一闪一闪的。他于心不忍，过去拍拍他，"吃饭了吗？"白宁头仰着，烟缓缓沉下来。风雨大作传来刷刷声，冷风一股脑刮进来。白宁低声说："我能怎么样……"

"他是对她挺好的……"林融或许也想起了什么，却又浮上冷笑来。

"丝绒禁不起这样的……你们什么都不知道。"杨其淡淡然，"如果她不愿意，哎，林融……"

"啊?"林融温和地侧开头,身子一伸把火调小,"嗯……我也不知道。"他眼睛低垂着,一排分明而纤长的睫毛。

杨其有些丧气,"我也不知道现在该怎样了……"

林融没有回答。他最近总是表现得像沉默的礁石。他说:"还有十分钟汤就差不多了,留一点给丝绒。"

杨其没有答话。他们两个或许都感觉到了一种艰难的氛围,在漫出来的水雾与轻微的水滚声中。

于是他们在沉默中等着这十分钟的一煲汤。

晚上杨其醒来时没有再听到啪嗒声。

难道丝绒已经走了? 他一这么想,就已不自觉地坐了起来。"林融,林融?"他俯下身子去叫林融。林融身子慢慢蜷缩起来,头仍旧埋在被子里。"林融!"他想起他明早还有早班,大概也不愿这样折腾。他最近也不太满意的样子……杨其犹豫了一下,掀开了被子。

客厅里没有那股烟味。

他屏气走了没两步,就听到轻微的声音……是从丝绒的房里传来的。

杨其没有开灯,摸着黑走过去,贴耳听了一会,小猫似的呓语,只有丝绒的声音。听不清。他扣扣门,"芮丝绒。"没应答,他又敲门,"你大半夜不睡觉叫点什么呢!"仍是没应答。

杨其犹豫了一会,手已经直接去试了门把手——平时她总是反锁的。听到锁舌弹开的声音他自己也一愣。

他像推开一个崭新的陌生的房间一样小心翼翼。他不敢出声,把门合上。

丝绒的确在床上,身子缩成团,黑夜里像是个毛茸茸的球,略微地一抖一抖。杨其摸着被子角把被子从地上拾起来,"就没见你完完整整盖过床被子。"他弯着腰,把皱巴巴的被子一点一点捧起来、卷起来,一直卷到床头,抬起来就对着丝绒拱来拱去的头、开开合合的开裂的嘴。

他还是心软,将被子盖上去,"芮丝绒,你没事吧。"

丝绒满脸披着头发,嗯嗯啊啊的不知道说什么。杨其一手拨开她的头发,就看到她眼泪哗啦啦满脸淌着,上午的妆也没卸干净,紧合的眼皮上挂着灰黑色的泪道子。杨其想要撒手,丝绒却一手拉住了他的衣角,低声地哼哼。

他弯下腰、凑过去,但她却猛地挪开了。他一点一点移过去,拿出耐心来,移过去,他伸出手去,一下一下地摸着她头正中的头发,声音一点点清晰了,她说:"不要动,不要动,你滚开……"

杨其推了推丝绒,丝绒却只是把身子缩得更紧。他瞬间有些崩溃了……他收住了手,他发现他不知道他能做什么。

他知道她在做什么梦。那时候她高二……那是她最漂亮的时候。那时候他们是最好的,他天天送她回家,只不过是一天,就一天,那天放学他留下来补作业……

"你滚开,你滚开!"丝绒拍打着他,她的头一下一下拱着床,她的脸像拨浪鼓一样摇来摇去,晃得他没了分寸。杨其不敢动,一动也不敢动,他不敢抓她的手,她会疯的。

第二天找到她时,据说就是用绳子绑着。

"丝绒!丝绒!我求求你……"他几乎是抱着她了,她滚烫的额头就在他手心里,他不知所措,一下一下地摸着她的头发。

她也曾经这样抱过他。他第一次试探告白后收到对方鄙夷的、惊讶的眼神后,他一声不吭跷了课,坐在公车后头。大冬天的,冷风忽忽灌个不停,年久失修的车顶根本合不上。他手撑着头,就在风下头瘫着——直到有一站停下后,一个人抱住了他,挡住了风……是丝绒。她凑过来一张风尘仆仆却又红彤彤的脸。

杨其捧着丝绒的脸,他才知道什么叫心都被碾碎了,什么叫幻灭。丝绒的脸是尖尖小小的,他手合着,她瘦了那么多,脸颊的肉都不能把他手掌的弧度填满,这张可怜巴巴的脸只剩下一对紧闭的眼睛。

丝绒的手环上来,像蒲苇一样柔韧,她头脑晃动着,于是滚烫的脏兮兮的泪水掉落得到处都是。她哭着,"不要离开我,不要离开我……"

她明明还应该在噩梦当中。

他看着她,"你醒了,就会自己要离开了……丝绒,你已经不想和我生活在一起了。"她单薄的背像塑料纸一样在他手掌下颤动,"是你要离开我。"

杨其说:"我们一起不止十年了。和白宁分手时,你都会说,现在社会走得多快呀,多快呀,一年都像是一辈子、一个世纪了。十多年了啊,你他妈的,你他妈的……"杨其说不出话来,他头埋在她肩膀里,眼睛糊成了一片。

他不敢妄动。他也不知道丝绒是梦是醒,他们两个现在呼吸贴着呼吸,说着真话假话。但一旦梦醒了呢? 一旦他们醒来,一旦他们醒来……但现在他的心变成了一汪水。他不愿意想,他愿意抱着丝绒一整个夜晚。"丝绒……丝绒……"他抱紧她,把她抱到身上,她一直是他的小丝绒。她是他唯一的一个爱人、亲人和朋友……杨其感觉到脸上热乎乎的泪被风吹凉了。他想一遍遍地问她,可以不走吗?

他们看着月光照进来。他看着微弱的白皙的月光爬上她的脚,把她一点点照亮。她吊带睡裙的裙摆,她的腰,她的胸口……

他看到了她锁骨、肩膀上的红的紫的痕迹,不甚清晰的……有什么打湿了,所以一块红得鲜明。他直觉地用手抹,手上一层黏腻,于是更多红的紫的浮出来,密密的吻痕。只有他手指上莹白温润的一点脂膏是干净的。

他往上看,是丝绒被照得白皙平静的一张脸,一双平静无波的眼睛看着他……她就这样偷偷地醒了。

杨其松开了手。丝绒敛着裙摆坐在床上。不约而同的。他们眼睁睁地瞧着对方,等着对方先开口。他们冷凝着脸,对视,像是最后才会这样看着彼此了,然后杨其一点点后退,直到站了起来,直到走到窗边。丝绒一点点把裙摆敛起来,支着腿,抽着纸一点一点地蹭着眼角的皮肤,只有她在光底下。

你怎么那么贱——他把这几个字慢慢吞回去,"你前面做噩梦了。"他说。

丝绒像是倦极了,她靠着床背,声音轻得像是梦话,"算了吧,杨其。"

杨其的脸沉在黑暗中,长久的沉默后,才发出微微的冷笑声,"早你怎么不说? 白宁把你关起来时你怎么不说? 我们商量着结婚的时候你怎么不说? 买房子、订酒店、告诉爸妈时你怎么不说?"

"我不想闹了……杨其,你和林融好好过,我走行不行?"丝绒微微直起腰板,看着一步步逼过来的杨其。她仰着脸望着他,"那么多年情分,我什么也不说了,你让我走吧……"

杨其一步跨过来掐住了她的脖子,像提溜一只鸡崽子一样把她提了起来,自上而下地说:"你把我的耐心消耗得一点都不剩了,你真的没资格说这话……"他掐着她,把她按在墙上,一分一分地收紧、下压,像是要把她塞进井里,"这么多年,你说什么,我都帮你、照顾你,你疯、你闹,我从不计较。我怎么对你的你是不是从来没在乎过? 这些年,我把你从不同的酒吧、医院、商场或是男人家里带回来,你闹,我到处收拾烂摊子,你累,我心甘情愿养着你。是你自己说,不想恋爱了,想结婚了。我问过你一次又一次,你坚持。我以为你和我一样……我忘记了你芮丝绒真的是个婊子! 你他妈真的是个婊子,我还不如你的一个床伴。我毁了你什么? 我是骗你上床了还是抢了你钱了? 我他妈就算是不喜欢男人也不愿要你这样的女人!"他的虎口震动得厉害,丝绒扭动着挣不开,她以为她就要被掐死了,然而脖子却蓦然一松。她捂着脖子看着杨其,杨其看着他手上一排在月光下亮晶晶的东西,嘲弄地看着她,"你看看你骗人的眼泪。"他跳起来,他暴怒地在屋里走,耳朵里像灌入了成千上万的蜜蜂,他用香水瓶砸破了她的化妆镜,他砸了珐琅落地灯,他绕来绕去,见什么砸什么,最后拖着椅子走过来。

丝绒强自镇定地站在那,还是头一偏闭上了眼。但一会儿都毫无动静。她睁开眼睛,杨其拖着椅子站在她面前,调整着呼吸。他再走近一步,他呼吸喷在她脸上,他圆圆的眼仁那一点点的光彩不动了,在看着她——她猜他要哭了。

丝绒摇摇头，"我已经决定了。杨其……我什么也不想说，因为我不想破坏我和你的关系……你相信我……"

她的话被杨其摔椅子的声音打断了，杨其扑了上去。

丝绒消极地承受着，顺从地被按在地上，直到杨其手扣住丝绒的手腕，丝绒脸色变了，"杨其，杨其!"她大声叫着——然而她飞快地被抛起来压到了床上，她叫不出声音了。

丝绒浑身开始剧烈地发抖，她手脚用力地摆动着，然而双脚只能蹬到床板。她用力嚎叫着，直到被轻易地翻到侧身来并用膝盖死死地顶着，他双手离开就这么顶着她，她大声地叫："杨其，你敢……"

她很快说不出话来了，杨其双手展开了一根粗麻绳。他没有狞笑、没有恶狠狠的表情、没有情欲，他什么表情也没有，但他迅捷地捉住了她的手，飞快地套上绳子打上结，他看着她，就像看着一头待宰的牛。

他把她绑在了椅子上。她很快就挣扎着弄翻了椅子，连着自己。她在地上抖动着，挣扎，但无能为力。她一直叫，直到他用丝巾把她嘴巴堵上。

杨其坐在床上，看着她这样崩溃。他什么也没做，只需要把她绑起来就好。偶尔她翻腾得没力气了，他就伸出脚去踹踹椅子，她又弹了起来。

杨其就像什么也听不见、什么也看不见，他在自己的空间里玩着一个小小的玻璃球。他抽了口烟，觉得索然无味。最后他站了起来，说："是你自己毁的。"他慢慢走回房。

这一次杨其会睡到几点?

林融是清早起来的。

他换了新的剃须膏。穿的依旧是昨天的蓝毛衣。杨其睡得非常熟,他躺在被子里,蜷成了一个球。其实他和丝绒的睡姿是一模一样的,只是丝绒会把床上所有东西都踹下去,而杨其把什么都紧紧地裹身上。

他推开丝绒的房门,轻轻合上。他环顾了一圈,说:"好美。"

倒在地上的丝绒微微动弹了两下,头发盖住了她的脸,长裙盖住了她的身子。她脚腕上扎着一片碎玻璃,渗着血,血已经干了,绳子浸到的地方显出一斑褐色。

林融默默蹲下来,伸手把玻璃拔了,丝绒抖动了一下。他把玻璃扔开,看看四周,"你看看,到处是反着光的玻璃,还有彩色的珐琅,天花板都有彩色的、发亮的光斑呢。你一屋子亮晶晶的,一屋子都是香水的味道。还是苹果的甜甜的前调。"他低头看看丝绒,丝绒纹丝不动,他倒看到了自己手上的血,他抿了一下,然后蹲下来。他没有剥开她的头发也看得到她的眼睛,"我就知道会是这样。"

她冷冰冰看着他。

林融笑了笑。白宁的奥迪总是藏在便利店对面的巷子里,其实到二楼隔着镂空的墙就能看到。他换了香水换了香烟,换了对丝绒的方式。他有几次故意走到便利店对面,白宁坐在店里滑稽地吃着一个包子。

她是不会告诉杨其找她的那个人是白宁的。林融相信。

林融伸出手去,很慢地,迟疑地,但最后还是抚摸上了丝绒的脸。丝绒厌憎地往后蹭。他说："你知道吗,只有那些日子,我吃过早餐。"

丝绒冷冰冰地看着他。

"如果只遇见你,或者只遇见杨其就好了。你是不是觉得我这么说挺恶心的?"林融自己笑了笑。然后他动手把椅子和丝绒扶了起来,丝绒狠狠地用头撞上了他,他不吭声,摸着她的头——她的头发,把椅子和人都立了起来。她纤长的脖子在他面前,红的紫的熟悉的吻痕,他情不自禁地整张脸贴了上去,几秒,他用力呼吸。

抬头时对着丝绒扭曲的惊惧的表情,林融表情软下来,他抬头去亲了亲她的侧脸。他低声说:"我不会了……"林融思绪万千,杨其说得对,那时他什么也不明白。但空当的时候太多,杨其出去采风、采访、去某个咖啡厅,杨其本来就乐意林融和丝绒腻着……他直起身子,丝绒的长发从他的脖子咯吱咯吱划过毛衣,落到她胸前。

"你快走吧,杨其已经要被逼疯了。"林融说,"我去给你盛碗汤,然后你就走吧。"

丝绒眼睛模糊,看不清林融是以怎样的表情走出去的。她想要叫,但是嗓子已经破碎得发不出声音,张开嘴喉咙颤动着眼泪就灌进来。她看他走出去——他像是披着一个巨大的天蓝色的披风,带走了所有的梦。

于是她房间缩小了,缩小了,变成了一个小小的山谷。

找
乐

"卫国公,明天你就要迁入皇帝为你新建的卫国公府,拥有长安最华美的府邸。恭喜你,终于要得偿所愿了。"平阳公主朝他举起酒杯,李靖嬉笑自如,一饮而尽。

这是一场小宴会,年老色衰的她借此向即将登上人生巅峰的旧情人告别。每个人想要的东西不同,她作为一个女人想要一个知心爱人,可是李靖的人生乐趣从不在男女情爱,而在实现自己的雄心,然后名利双收,再后卒得善终、流芳百世……

"可是,你知道明日刘文静的奏章就要把你送向黄泉路了么?"平阳公主话锋一转。

看着李靖脸上的褶子匆忙地涌上脸,她满意地开始抖这个大包袱了。

年轻的李靖第一次万里迢迢来到长安时,繁华的长安还不属于李氏父子,他无从分享。那时长安还叫大兴,属于大隋的司徒公杨素。

没有人不羡慕杨素,从建朝到易主,大隋一直紧紧地捏在他手里,他拥有大兴最华美的府邸,独享众多貌美无双、技艺惊绝的家妓,等待天下有才之士来投奔——人生极乐莫过于此!

只是,烈士暮年,壮心不已,果然并不适用于所有英雄。司空府里的杨素已经从猛虎被养成了老猫。垂垂老矣的杨素让美艳的家妓以盘中舞的绝技来招待他。他身旁纷飞的罗衣裙带都比他身上的粗布衣不知昂贵千万倍。他无心欣赏,内心痛斥这狐媚之妓，却又痒痒的，觉得不安。

"心之忧矣，如匪浣衣。静言思之，不能奋飞。"他身后的舞盘上传来仙乐般的歌声，一道红绸直落到心不在焉的他眼前，一个红裙高髻的女子，手持一把红拂尘，挥舞间似有魔力，令人移不开眼，如仙人下凡一般从盘中落到绸上，飘走到杨素座前。杨素身旁侍女以她为尊似的，纷纷后退两步。杨素看也不看她一眼，呸地吐出一口老痰。红衣女子面色不变，低身一旋，白玉似的双手稳稳接着了痰水，古怪的老人终于露出了一点笑意，李靖不寒而栗。

一旁侍女忙不迭地为她拭手，女子笑容如常地俯身对杨素低语，若有若无地睄了他一眼——李靖的心忽地提了起来。

杨素敷衍地动动嘴角："壮士气宇轩昂，气度不凡。然而素已老迈，无心天下。"他指指那女子，"家妓红拂倒身怀绝技，她手中拂尘一挥……"杨素吃力地挥手，"就能探你命数起落。"周遭侍女都娇声笑了起来，李靖又是困窘又是气恼，告辞离去。

平阳抖完包袱后，不无怅惘："年轻时我为你出谋划策，虽赶不上红拂，但现在东窗事发，她倒帮我一起担了。"平阳公主自饮自酌地笑起来，眼角的褶皱如蓄势待发的毒蛇直瞄着僵坐的李靖，"我真不明白，她做了那么多图什么？"

这个疑问从平阳情窦初开时就盘旋不去。长久以来她对红拂的好奇早已超越了恨意，这个女人一直在做女人不应该做的事——年少时，她罔顾礼法，与一穷二白的李靖逃出了无数人做梦都想进入的大兴城、司空府；成婚后，她能言善辩，结交了奇人虬髯客，三人结为兄妹,得到了虬髯客妙绝的兵书与丰富的财产;在她的授意与鼓励下,李靖结交了一位位夫人小姐,攀着她们的裙裾往上爬,红拂更为他罗织党羽:前朝余孽、叛部残将、当朝重臣……李靖终于成为了现在的、长安的李靖。

她一直觉得红拂像是在找寻什么,是什么呢? 安逸的生活? 贴心的爱人? 笑话! 难道她从为李靖奔走的辛劳中能得到乐趣? 呵。红拂是家妓嘛,有的是淫技奇巧向人展览炫耀,家妓的乐趣她是不能理解。平阳想,不重要了,过了今夜这个疑问就要永远消失了。

李靖不甘心似地自言自语:"不! 我是开国元勋,红拂是一品夫人,前朝刚平,太子秦王之争又迫在眉睫,断断不会……"

"扶不起的阿斗!"平阳冷笑,"从来是狡兔死,走狗烹。何况这么大的威胁,明日一早公布于朝堂之上,铁证如山,红拂绝无活路,你怎可能避得了嫌?"

李靖站起踱了两步,继而将杯子一摔:"你既然肯告诉我,没有不救我的道理!"

平阳又饮一杯,一双倒三角眼向上剔着瞧着他。蜡烛已燃了大半,油淋淋地泼在烛台上。她道:"早朝是何时?"

"五更。"

"现在呢?"

"不到三更。"

"时间还够——卫国公,听说红拂已经重病不起,离死不远了……"平阳沉甸甸地望着他。李靖的脑子轰然一阵。

月亮爬了上来,充斥着脂粉香、酒香与欢笑声的街道让李靖觉得无所适从。他失魂落魄地离开了司空府游荡着,恍然间又想起了仙子般的家妓红拂,哪怕接痰也美得如普度众生,她还有一把令人着迷的拂尘……虽没看清她的面容,但一定是美丽的女子。那是大兴城的女人。

　　可惜了,是个家妓,杨素的玩物。他心里有点轻蔑却又有分明的痒意。

　　大兴悄然落起了大雪。李靖回到驿站,辗转难眠。半夜听到有人敲门。门外人自然地侧身进屋,慢慢地抖着雪花并脱下一袭紫色大氅,摘下阔边风帽,一大蓬乌油油的头发缠着秋香色的流苏软软地垂落到地板上,长发下是红衣包裹着的窈窕的身躯。她细长的眉眼分明透着温和的狡黠,英气的轮廓又有点正大仙容的意味,手里还拿着那把红拂尘——是她……

　　"公子,红拂大胆,雪夜相投,公子可愿带红拂一起离开大兴?"

　　李靖的心扑通直跳,他努力想把自己的轻蔑一股脑提起来告诉自己这是个家妓! 他强笑:"姑娘莫拿我取笑。司空大人都瞧不上我这不中用的人。大兴我豁出性命也进不来,姑娘倒一心想出去。流落在外,风餐露宿,还要被司空大人追捕,可不是闹着玩的。"他看着红拂,这仙子似的人竟满目柔情地望着他,不知不觉口气就软了下来。

　　以妓换马,自古以来的风流韵事……他心里又生出了同情,在他心里挠着。

　　"红拂自然不是说笑。我自幼被卖入司空府,奇门异术识得不少。杨素也说我能探命数，我探了，你正合适。你信不信？"

杨素的女人还真要跟我跑？李靖不敢相信，"你想要我带你出去做什么呢？"

"找乐。"红拂抬起脸，笑眯眯地诱惑道，"你的人生乐趣在大兴，我却觉得乐趣在别处。不过没关系，你想要什么，我帮你。你也可以选择把我交出去，杨素会奖你一大把银子，然后你从哪来回哪去。但，一个人生活哪有什么乐趣可言呢？"

一个人生活哪有什么乐趣可言呢？李靖脑子里又轰的一响——这真是一场艳遇。

李靖如同一只矫健的大猫无声地落在地面上。他知道他的时间不多了，借尿遁跑出来，最多两刻钟，他就得赶回去。他风驰电掣地跑在空无一人的道路上时，发现长安的道路与当年并无多大的区别。区别只在明天之后，那些脂粉香、酒香与笑声的主人是不是他。

他总得选择。

他慢慢走到床边，床边的红烛燃成的蜡油保持黑黝黝的沉默——哦，她本为他留了灯的。他站在床前，听到红拂轻微的磨牙声，隐约地看到她脸上的细纹，她操心得太多，即便做了一品夫人，看上去也远比平阳老。当初的正大仙容入了凡，成了黄脸一张，很快又要变成死脸了。

他因为衰老而干瘪的身躯悲怆地颤抖起来。毫无疑问，没有红拂，没有那些钱财与兵书，没有那些裙带关系，他什么也不是。

可他转念一想，觉得自己也没错。当初红拂夜奔，要他带她去找乐,她被关得太久了,关怕了,他带她四处游历,做各种各样的事,和不同的人打交道,红拂是快乐的。那她答应他的呢?那么多年他都忘不了杨素对他的轻蔑……他想要回来,他想要风风光光、位极人臣,像杨素一样!这没什么难以启齿的,红拂一直知道,她一直在帮他……

——所以,为了实现这个愿望,让已经处于弥留之际的红拂提早上路,再帮他一次吧!

——不!李靖,你杀的是你的糟糠之妻!

——可她的乐趣她已经得到了呀,她一直像仙女一样,她要找的乐不是名利也不是情人,而是游历。她已经找到了,该轮到他了。

……是吧?

对!现在,他要一件工具!李靖撒开眼,在黑乎乎的屋子里寻找着。他不想把收场收得太难看,最好有一件工具,能干净、柔软地送走她。李靖的手忽然触摸到了什么,着魔似的停住了。他转过身,缓缓地扶住那物件——暗红的蚕丝,厚重的雕花尘柄。是那柄红拂尘。

好东西,你也觉得她应该回到天上对吧?他凝视着这把拂尘,默默握紧了两端,眼泪终于厚重地落了下来。

"这儿?"红拂抬头看着客栈。李靖点头。"平阳公主娇生惯养,喜欢你也放不下面子。正好晚到一刻钟磨磨她。然后你再留个信物哄她,以后就方便了。"红拂拍拍他的肩膀。

李靖惴惴不安的,"红拂,你一点也不气恼吗?"红拂偏偏头,"怎么了?我要的乐你已经帮我实现了,四处游历很有趣啊。你要的不是出将入仕吗？虬髯客大哥虽把毕生积蓄与兵书留给了我们，但还不够啊，你没有名望。接近平阳，才能结识李家的人。接下来，名士刘文静还有一个妹妹，你……"

"好了！我知道了！"李靖粗粗打断她。我可是你丈夫呀——他这么想，但没说出口，转身就要走进客栈。

"哎，等等。"红拂上前一步，扳过他身子。

"怎么？"

红拂贴近了李靖，指尖按在他的腰带上，将他的玉带钩往右偏偏，"怎么也不整理好？大哥给的结义礼物，可别丢了。"李靖猛地想起了虬髯客那张脸，不自在地撇过了头。

红拂又为他正了正发冠，叹了口气，狭长的双眼凝视着他，低头嘱咐道："你宽宽心。当初我说了，我别无他求，只要你别丢开我就好。你不要忘了。"

难得她也会有如此小女儿的姿态，李靖嘿嘿一笑："知道啦。"转身走进了客栈。

李靖丢了魂似的坐到了位置上。

"用了半个时辰？你不仅肚子不舒服，心也不太舒服吧。"

他没接话。

平阳公主笑嘻嘻瞧着他，双颊飞上红霞，如同回到了少女时光。她再饮一杯，忍不住大笑出声，整个人俯在桌子上笑得喘不过气来。

"你笑什么？"李靖面无表情。

"我笑你杀了红拂。"平阳公主整个人松弛下来，"你用什么杀她的？"

"我拿起了她放在枕旁的红拂尘。那么多年了，红拂老了，拂尘还是那么漂亮。"

"你亲手杀死了她。真好。"

"你很开心?"

"你杀死她,比我自己动手,爽快多了。"她一字一顿地说,"没了红拂的李靖还能活么?"

"果然。红拂以前就说,你不会放过我的——告诉你,"李靖贴近了平阳,"我没杀她。拿起那把红拂,我就后悔了,我答应过她不能丢下她。我狠不下心。那把红拂真是我的幸运物——你的掩鼻之计,我偏不中! 你说刘文静已经搜集好了证据,我想也是骗我的吧,刘文静与裴寂为太子之事斗得不可开交,就算他有心为早死的妹妹出气,恐怕也腾不开手。"

李靖为自己满上一杯酒,一饮而尽。

"哈。"平阳摇摇晃晃地站了起来,笑得青筋毕露,"我说那把红拂尘害死了你才是。我爱的是你又不是红拂! 我费心费力设这个局,你死我才安心! 你虽一向没脑子,但三言两语也未必害得了你。可你只要中途离席,哪怕只走了一小会,也必死无疑了。"

"什么意思?"

"你记得父皇最疼爱的千金公主么? 真可怜,我的小妹妹今晚死了。你一走,她小小年纪的,就被人凌辱,上吊自尽了。"

"毒妇!"李靖腾地站起来,"不——你没有证据!"

平阳恍若天真地痴痴看着他,笑:"你记不记得你送过什么给我?"

李靖疑惑。

"哦,你不记得了。"平阳兀自笑了,眼泪顺着眼角的细纹匍匐着流下来,"我们第一次肌肤之亲,你把你的玉带钩送给了我,很别致的小东西。你说那是虬髯客所赠,连带着衣冠腰带,都是成套的,旁人绝不会有……我一直留着。"

平阳伸出手想抚摸一下李靖的发冠,李靖目眦欲裂,狠狠拂开她,平阳整个人摔在地上。

"……红拂也留着呢!进长安时皇兄提起虬髯客,红拂说他赠给你们夫妻的一切她都好好保留着,尤其是给你的结义礼物。"平阳望着李靖,她把他的一缕头发都勾了出来,落在额上,已经泛白了。

她踉踉跄跄地站起来,走到李靖跟前,"李靖,我后悔了。我不想杀你了。你可以不用死,你带我走吧,抛开功名利禄,丢下红拂。"

李靖望着她。

"好不好?"

李靖头晕目眩,觉得天都要塌了——

"心之忧矣,如匪浣衣。静言思之,不能奋飞。"

略微的痒意拂上面来,他睁开眼,脑子里轰地一震:是那把熟悉的红拂尘。红拂正仰着一张光洁明艳的脸望着他。他不可置信,回身一看,屋里陈设简陋,不是在平阳盘下的酒家,是当年自己歇脚的客栈。

"歌好听吗?"红拂望着自己手中的拂尘,说,"你别慌。你所经历的,只在这拂尘一拂间罢了。"

李靖瘫坐在椅子上,"这就是你要找的乐?"

红拂摇头，"你可记得，杨素说我能探人命数？"

红拂的双唇开合间，李靖忽然就弄通了这一切。为何当初她对杨素耳语了几句后杨素就对他弃之不用，为何她要离开只手遮天的杨素，为何她会选择自己这个穷小子，又为何她尽心尽力地扶持自己……

——因为她知道所有人的命数起落。她知道他将……

"我料得到你的仕途命运，可不知你品性。若和你走了，你功成名就了会怎么对我？"红拂抚上他的脸颊，"你没杀我。"

"所以你当初……不，你刚刚说，你要我带你走是为了找乐是骗我的？你试验我是为了……"

"嘘。"红拂用一根手指堵住了他的疑问，双眼紧紧看着他，"你现在还是可以选择。你自己闯。或者，带我走。我已经找到了最安稳无虞的长乐。"

屋里的蜡烛清晰地炸开一朵烛花，静谧的夜中，脚步声和铁器摩擦声隐约地响起来了。

前男友储藏箱

你也是一颗伤心的柠檬吗

星火是被锤子直接扛出 T-Rex 的。

双脚离地的时候,她就在内心数着自己喝了多少,至少有一瓶半的伏特加,刚开始还是混着橙汁,今晚混得奇难喝,到后来就直接喝纯的。刚唱完歌下来,几桌客人还起哄点了几杯鸡尾酒送过来,她也都喝了——朋友们后来又起哄,于是真的就喝懵了。以至于她见到锤子时第一反应是高兴地张开了双手。

星火胃里翻江倒海。夜店门口不停变幻的彩光照得醉酒的人飘飘欲仙,她却忽然感觉身子一轻,浑身失重,啪地到了地上。她手支着地面,糙,冷,锤子背着光面对着她,就像有十万八千里那么高的雪山——她被扔在了地上。

锤子脚背在她背上一踹,也不怎么用力,但口气是冷冰的,"你他妈这是怎么回事?"

星火准确地感觉到了自己的变化,她脑子里的一团浆糊忽然地冻成了玻璃块儿,然后现在又满满地碎成了片儿。

她用胳膊缓缓支起身子来,直到稳下来没有再天旋地转,她盯着锤子看。锤子一把拎着她的胳膊把她扯起来,干净的热气喷在她脸上,"这他妈到底是怎么回事?"

星火怀念这干净的温暖的气息。但锤子很快甩开她的手。

"我……"星火一张口,才发现自己嗓子哑得厉害,她咳了两声,舔舔嘴唇,"我是想唱歌了。"

星火说完又咳嗽了两声,忽然地咳得掏心掏肺、天旋地转。她满耳都是嗡鸣声,没听清锤子说了什么,他在摇晃的视野里愤怒的样子就像是在跳舞,但偏偏又是悲伤的无声之境。

她弯下腰,呜哇地吐了出来。

锤子第一次遇见她时她也是在吐,她当时是在更红的一家酒吧唱歌,她已经唱得叫好叫座,工作才变得清闲,每个星期只唱两个晚上,一晚上也只是两首。唱完了和相熟的朋友或客人喝酒喝到高兴。那一天也是喝得多,忍不住了要往厕所跑,厕所全满了,她不知怎地直接跑出了门扶着一辆车就吐在了路边——然后锤子就把她扶上了车。

据锤子后来的回忆是这样,他出来看到星火瘫在车头上,车旁边一大滩呕吐物,他过去推推星火,"这他妈怎么回事啊?"然后星火整个人就歪过来,拍拍他的脸,流畅地报出了地名,某某区某某路多少多少号的某某校区,几零几室,然后迅速倒在了他的身上不省人事。锤子的朋友正好也走出来,"卧槽你小子,我尿个尿你也能把到妹?"锤子说不是,摇了摇星火,又拍了拍脸,星火整个人瘫死不动,只是张开口又报了一遍地址。朋友一细看,大惊失色,"卧槽你还把到了星火?"

锤子说什么星火?

朋友说:"前面在酒吧里唱歌的那个啊。据说差点被音乐公司挖走。平时傲得跟什么一样。"

锤子说:"喔,车边捡的。"

之后都是俗套的情节。锤子常来听她唱歌,她该喝的酒他都帮挡。他也不过就是个俗气的富二代,开着劳斯莱斯掏出年轻热血满城地带她找烤串儿吃。星火人前高冷,唯独对他有几分喜怒哀乐。

也是最最俗的,有次唱完歌下来,有个客人喝多了耍酒疯。星火当时正跟锤子说着话,客人拿着酒壶上来锤子就已经沉下脸来,两个人一言二语挤兑起来,这客人还是有点来头的,经理就过来打圆场。星火能喝,也懂事,就把锤子拉下来,拿起酒杯说:“我朋友不常来,您别介意,算我的错,您说罚个几杯,我喝。”

那客人醉醺醺地比了个三。

客人叫着服务生拎着酒壶来的。星火也不说话,自己倒了就喝。第一杯时锤子就要抢酒,星火拍拍他的手,说:“放心。”三满杯喝尽。

客人于是笑起来,整个人都在抖,仿佛真的很好笑似的,“不是三杯。”他指了指酒壶,“我说的是这个,三壶。”

锤子就骂着脏话整个人跳起来了,同时叫起来的还有经理。星火一秒之内抢下锤子手里的啤酒瓶。

音乐还在动次大次响个不停。客人笑得缓了下来,“喝不喝呀?”

星火死死地按着锤子。一面又看着经理。她流露出哀求的神色来。

经理说:“你试试吧?”

一壶她快喝了有半个小时。

星火说:“不行了,我今天不太舒服。”

客人在那冷笑。

星火哀求说:“我真的不行了。”

侍应生同情地看了她一眼,又看了一眼经理,把酒壶添满。经理说:"再试试嘛,试试。"

星火意识已经开始昏聩了,哪里还压得住锤子。锤子操起酒壶的时候,星火只是迷迷糊糊地叫了声别打人,就看见玻璃在地上开了花,一整个酒吧的光彩,红的紫的粉的蓝的,都碎在里面。星火脚步已经发飘了,摇摇晃晃地说着对不起。锤子二话不说把这店的钻卡往桌上一扔,扛起她往外走。

锤子把她扔在车里,他们开车去找烤串。星火的脸冷冷的,又有些茫然的样子。一言不发。一言不发地吹着风,逛着烧烤摊,吃着串。

锤子问:"你怪我?"

"没,我在想以后怎么办。"

"不干了呗。"锤子说。

"可是我喜欢唱歌啊,"星火吱溜吃着羊肉串,面无表情,"你以为生活有说得那么简单啊。"然后她就开始说自己高中毕业就来到这个城市,想唱歌啊想唱歌,她住着六块钱一天的地下室,睡过天桥底下,最穷的时候一天一个馒头。她去路边卖过唱,摆过地摊,当过夜场服务员,又遇见许多人,教她吉他的摇滚歌手,说可以签下她让她唱歌的大老板,唱歌唱得酥到骨头里的鸡头。还见过这样那样的场面。她重重复复地说,我喜欢唱歌啊。眼泪已经糊了一脸。

锤子低头一串一串地吃着羊肉串。

星火放下手,露出眉粉眼影眼线糊成一团的半张脸,说:"你有没有在听啊。"

锤子说:"可是我喜欢你啊。"

星火愣了愣,觉得自己鼻涕流下来了。

122

锤子说:"别唱歌了,我养你吧。"

星火当时脑海里想的是千千万万个不行,两个世界的人,他的朋友、她的朋友,他的成长、她的成长,他的喜好、她的喜好……她眉毛挑起来,愣了许久,还是说:"这怎么可以?!"她叫着,"我这样的人,能到这一步很不容易啦。"她心里想着,你千万别害我。要是不成了,以后他还可以开着劳斯莱斯载着别的姑娘来买烤串,她却连一个最小的歌厅都回不去了。

锤子理直气壮,"为什么不可以?"

星火整个人跳起来,说家世、说性格、说朋友、说成长环境,一二三四五六七,说了一通。锤子站起来,看她叽叽喳喳说得停不下来又满眼带泪的样子,拉住她的手,把她往怀里一带。

他的手臂紧得不行。但星火抗拒失败后他也没有下步动作。松开之后,他看着她,摸了摸她的后脑勺。

锤子说,"我来保护你吧。"

星火弯着腰,把胃里最后的一点酒气吐尽,像把脑子也吐掉了。她踉踉跄跄走两步,坐了下来。锤子走过来,站在她面前,给她递了瓶水,瓶盖已经松好了。她接过来喝着。

"我都说了,那些朋友真的没必要再往来。"

"嗯。"

"你说寂寞,我给你买了只猫,介绍新朋友给你认识。你说无聊,我给你报了班学烹饪。"

"……"

"你喜欢音乐,我给你找了最好的音乐老师,教你。"

"我想……"

"你他妈到底在想什么?"

星火很疲惫的样子,"你根本不了解我啊。"

"我不了解你为什么非要回到这种地方……"

"你觉得了解重要吗?"星火抬头看着他。

星火说我给你说个故事吧,刚来这个城市的时候——你听我说完——夜总会的那个鸡头嫁了个有钱人,然后很快离婚了,回到夜总会。她很美,总有新的人追求她。但她说不想再嫁了。

——她跟我说过一个故事。从前有个柠檬,在这一筐子柠檬中唯有它是一个真正骄傲的、渴望爱的柠檬,虽然它在箱子的底端,可能注定少人问津,但它仍保持着骄傲。日复一日的冷气与沉默中,它猜自己满腹的酸气马上就要把自己的外皮侵蚀。终于它在昏暗中等来了一双修长的手指,它被团在手心里,慢慢张开,看到阳光。

"就是它了。"

"柠檬只要一个吗?"

"是的。"

柠檬被摸了摸尖尖的顶端,被放在了秤上。它看到那双修长的手移动到它面前,打开了一个袋子,她感受到清晰的酸气。袋子里是许许多多的水果,橘子、香橙、西柚、杏子……每样都只有一个。

"我喜欢酸甜的水果,还有别的吗?"

这个柠檬跳了下去,摔在了地上。

为什么呢? 它的成长千辛万苦像是一场修行成人的修炼,它努力吸收水分和营养才能让果肉饱满,它不断审视检阅让酸味酸得可爱,它在泥泞里滚打为了让阳光把它的每一寸都照射到来成全最鲜亮的黄色果皮与碧绿的叶片。

而他——他只是来拿走任意一个酸甜的水果。他喜欢酸甜,橘子、香橙、西柚、杏子或其他,可以有千千万万种酸甜的水果。但灵魂——她千辛万苦、修炼成人,她饱满的内心、激越的情感,这唯一独一无二的,却不被需要。

星火看着锤子已经疲惫得靠在了车上,咕嘟咕嘟地喝水。她站起来,走过去抱了抱他,然后松开,锤子拿着水瓶,一脸茫然,她摸摸他的后脑勺,说锤子啊锤子。风吹得她脸有些干疼。星火手放开来,笑了,“你肯定没听懂。”

锤子愣一会儿,笑一会儿。笑一会儿,愣一会儿。

“我走了啊。”星火摇摇晃晃地踏上人行道,朝他摇摇手。

伤痕也动人

小鹿经常能忽然地想起初恋,每当她看着自己,或触碰到自己的皮肤时,她会发现自己并没忘记他的脸——那凹凸不平的地方、颜色不一样的地方,就像他的鼻子、他的眼睛。她看着自己大腿上那条有手指一夹长的疤痕,她褪去了还没长开时皱巴巴的五官与黑黝黝的皮肤,而那疤痕还是不多不少一夹长,还是深褐色。做噩梦的时候,她还会梦到那电影似的场景——这好像是她平淡无奇的人生里唯一的传奇,她也会梦到他细长的手指弹进皮衣口袋时摸出的那把小刀,还是闪闪发光的。她经常会想那把刀他还带着吗,会生锈吗?大学了还是没有学会削苹果的小鹿没买过刀。

遇到的那天小鹿就在买苹果。她听力并不太好,看到水果摊老板忽然掰过车头往后退时她才回头,一个人影往右一闪,啤酒瓶直接砸到她的腿上,她叫了一声,摔在地上。一声陡然叫起的脏话炸开,她看清楚了前面是一个穿着皮衣的小流氓,看清楚了他已经从口袋里摸出一把小刀,她的哭声没有得到正视,那个小流氓似乎马上就要弹向对面模糊的混战里,她扑过去,扯住了他的衣服。

他回头的样子吓死她了。她本来就堆得满满的泪全部扑啦啦滚下来,"能不能先带我去医院?"她扯得牢牢的不敢让他走,他再三地想拔出脚或骗她等会再说都没能成功,于是他说好,上前把她抱起来。

小鹿大叫一声,流氓说,碰到伤口啦?她摇头,说,苹果忘了拿。

一定是关于缝针的记忆太痛苦,她脑海里已经删除得干干净净。就记得她坐在椅子上一面吊针一面哭叫,流氓蹲在病床边的垃圾桶旁拧着眉毛抱怨,拿小刀给她削着苹果。

"算是我害的你,我不会赖。"他这么说。

分手的时候她在奶茶店门口坐着等他。远远地看到他骑着摩托车过来,她的心脏像是变成了一百颗跳跳糖在跳动。近了,近了,他跨下摩托车,她才看到他身后的一个小女生,那女生轻微的嘤咛了一声。他回头跟她说了些什么,眉头平平整整的,眼角都像是扬起来了在笑。

他转过身时再把眉毛拧起来。小鹿第一念头就是跑,他很快追上来。拉住她时,他先回头看了一眼摩托车和女孩。

他把她手指头掰开,从皮衣里摸出小刀,放在她手上,"是我对不住你,你还我一刀吧。"

小鹿一直在哭,他说什么她都没听到,一只手在摇摆,一只手在擦泪,双腿还在后退。她于是拿过他的刀,跑了。他没有追上来,遥遥地看着。

到了看不到他的地方,她把刀丢进了垃圾桶。

他本该出现在童年

七容等到九点,不得不接受:一,刘先生今晚不会回来;二,她只能独自去吃饭。

自从七容发现朋友已经越来越难约出来吃个饭时,她就很聪明地向刘先生提了建议,于是她没有住到年少时梦寐以求的、背靠雨花山的富人别墅区。她夜盲,又不会开车,夜里要她一个人开着车下山找馄饨吃,她会死的。

七容披上外衣,窸窸窣窣地收拾东西出门。因为是市中心,晚上九点还是热闹的时候,走在街上好像还有着扑面而来的热乎乎的人的气息,嘈杂的人声从路边甜品店覆盖到商厦顶楼已经准备撤香槟的玻璃房子里。旋转餐厅快要不转了。七容看看左右,提着购物袋的女人搂着男友或同伴,在经历了酣畅的大笑后,已经把头放在颈窝里,流露出小猫一般的温存。等到十点的时候,人声就会熄灭,最繁华的商厦门口照样要支起炒粉摊子——这个二线城市从来改不掉骨子里的屌丝面貌。

小学的时候,有一阵子,学校疯狂地流行吃雪糕。满地的雪糕纸,绿色的塑料袋飞得像无辜放大的柳絮——那是七容最开心的一段日子。有时候她一天可以捡上五大袋子的雪糕纸,卖够一块钱。那么捡上三天她就可以吃得起一碗炒粉。她就睁着眼睛听时钟走的声音,估摸着妈妈睡熟了,她把钱往松紧裤腰里一塞,推开玻璃窗,抱着排水管就能吱溜一声滑到楼下,然后放下手中的凉鞋,也顾不上穿好,脚趾勾着就啪嗒啪嗒地往街那头跑。小时候她还高兴地说过自己就住在市中心——其实也的确很近,隔着两条街的距离,跑步是一分半钟的时间,就能见到最繁华的大厦。有时候跑得急了摔个狗吃屎,虽然只隔着两条街却是一条十年如旧的破路,能把裤子摔破。她跑跑跑,看到大厦彻夜闪亮的灯牌下的小黄灯,长乐正低头把辣椒呲啦撒进锅里,回头看她,少见地笑起来,"小七,你裤子破啦!掉了一裤子的钱哩!"她回头看,一路平底、泥坑里的硬币在灯下面闪闪发光,像是童话故事里怕迷路回不了家的王子、公主一路上丢的石子。长乐朝她招手,"你过来,你过来。"他把宽松的深蓝色衬衫脱下来,给她团团围着,"别嫌臭。"

"你居然也会笑的。"七容围着臭衬衫笑嘻嘻,"好,我第二天洗了还给你。"

他褐色的手指、粗大的指节插进雪白的粉里拨动,"所以为了报答你,可以请你吃一碗。"一忽儿黄澄澄的光底下的瓷碗儿倒进闪着油光的粉,肉末碎碎地裹在粉面间的缝隙里,夹着炒得发脆的辣椒。

他一勺花生倒了满，一瓢红油淋个旋儿，侧脸朝她斜了一斜，"我记得你不加酸辣椒的是吧?"

七容已经走到了路的尽头，商厦还没放要打烊的音乐。七容看了看手机。

其实她许久没再吃过炒粉。

大学时还吃过几次，没多久，再想吃什么，开个口刘先生就能差人送到寝室门口来。她若是晚上陪他出去吃些东西，左不过是鸡汤鲍参煨汤吊鲜的山药粥，或是一锅老鸡汤，花蝴蝶一样的服务员飞来飞去十几次倒进去不同的菌菇。她总是不吭声的，就看着刘先生捧着碗慢慢喝完一碗汤，金丝眼镜糊了一小块，然后再慢慢淡掉。刚开始几次，她总记着带几份宵夜回去，但后来舍友们逐渐知道了，便推脱着减肥不肯再吃——别的几个朋友也是如此。有过两次，甚至是刘先生到门口敲门，几个舍友装睡不理会，倒是有次七容妈妈来了，舍友们倒舍得开了门，七容进来就看着妈妈正襟危坐着看着她。

她和她出去走，妈妈说："我就是顺便来看看。"

"嗯。"

妈妈慢吞吞地琢磨着用词，"我一个人拉扯你长大，已经尽力，从小不让你缺少什么。"

七容停下步子看了她一眼，可我缺少一切——她心里这么想。

"你还小，不知道和喜欢的人在一起是多么开心的事。"

"我很喜欢他啊。"七容说。她掏出手机来，展示她给刘先生回的短信——当然我是很喜欢你的。

刘先生说，受宠若惊。

七容回，你本来应该是出现在童年的人，可是你现在出现了，弥补了一切童年的缺失。

——她缺失过父亲、朋友、爱人与称职的老师，她缺失钱与因为钱带来的自尊，她缺失满足许多欲望的能力，包括口腹之欲，她缺失了解与单纯。而刘先生是一把掉了太久的钥匙，可以回头打开，但是钥匙隔了太久了，已经生锈。

这把钥匙也尽职尽责。刘先生陪七容回过许多次家看七容妈妈，她家还是住那个市中心贫民窟，吃饭要从床下搬出小矮桌，一个一个地铺板凳。刘先生也能坐得端正。

搬到市中心的小公寓时，有天晚上刘先生和她一起失眠。刘先生问她："为什么第一次见你妈妈前的那个晚上你会哭啊？"

七容说："不知道。"

刘先生闭着眼睛点点头。

七容说："我小时候有过这么件事——你知道的，我这种人，从小没什么理想，因为太穷了，觉得反正想的永远得不到。可是有一段日子里我有了一点点钱——真的就一点点钱，几天赚的只够吃一碗炒粉，于是我就去吃炒粉，然后我就会开始想要。

"——那个摊主叫做长乐，算是看着我长大的。那时候他给过我一件臭衬衫，第二天被妈妈剪了做拖把用掉了。"

七容说："可是然后我就没钱了，我也还不了他衬衫，买不起炒粉。我很想要，但我又很害怕。然后一切都变得很微妙——再路过那条路时我开始装作看不见他，听不到他叫我的名字，我不敢孤身一人显得可怜，开始找很多男男女女的同路同学，放了晚自习一起回来，我会故意在那条路上高谈阔论，学着讨论那些没吃过的不知道品种的蛋糕与饼干,装成富家小姐。他们礼貌地送我到这最繁华的商厦,然后我趾高气扬地瞥长乐一眼,走回去——我不是因为没有钱来,而是我不想吃,我也没有还不起你的臭衬衫。想的变成不想的了。长乐不再叫我。我不敢看他。有一次我回去时,他摊上的灯没亮,我放宽心走过去,前面黑暗里忽然一个人影出现,是他提着泔水桶,泔水还沿着桶边往下滴水。没有灯,他是黑色的,水是黑色的,地面也是黑色的。我措手不及,但他已经很平静,只是轻轻地看了我一眼,那个眼神……我没办法形容,不是伤心不是质疑,有一点鄙薄,但更多的是……"

"是愤怒吗?"

"是一种特别的愤怒……"七容喟叹似的补充说,"但至少不是轻视。"

他们沉默一会儿,刘先生扯了扯枕头,才慢慢说:"长乐——好名字。他现在怎么样? 和当初一样吗?"

七容说:"上次我回家看到他,有个小孩子炒粉还差五毛钱,他踹了那小孩一脚。小孩子哇哇大哭。"

"你呢?"

"我看了他们一眼。提着手中刚买的衣服悄悄地走了过去。"

他和她在寂静中不知不觉地睡着了。

"炒面怎么还没出来。"

七容被这声音喊回了思绪,一个提着两个购物袋的小姑娘朝满手购物袋的男朋友抱怨。

七容划开手机看了看时间,不自觉地脱口说:"还有十分钟就有了。"

那对情侣却似乎并没听到，男朋友憨笑后说："回去我炒面给你吃也行的。"

情侣蹦蹦跳跳地走开了。

极光里的火车

这个下午并没有什么不同。这列火车——或许的确存在的这列火车,一如既往地行进。它像是进入了树木最高的雨林,或者一个漫长的隧道,罩着隧道的山峦被凿成了万花筒,才让光线幽微,却又能红、紫、蓝地变幻。云、雨都没有叫,也没有鸟的声音,只有车轮在铁轨上滚动的低沉的吭哧声,它不时地哼出声,表现出遇到坎坷道路时也能一往无前的骄傲。没什么不同的,这个下午。

乳白色的窗帘在晃动,撩过那个男人的视野。他身体靠在被子堆叠搭出来的斜角,车厢墙壁的阴影与雾气一般四处游散的光把这变成了一个阴暗的角落。泛黄的床栏横横竖竖,像是牢笼打开了铁门。他面向对面。

他望向平行空间里离他一个半手臂远的女人。那个女人上一次醒来是在上一个夜晚——确切一些地说,应该是接近凌晨的时候,他迷蒙地睁开眼看到她的头顶,她抬抬脚尖穿好白拖鞋。他捱紧嘴看着她,手撑着床身子已经无声地立了起来盯着她。车行进的速度并没有减慢。她抬起头,轻蔑地笑了一下——她去上了一个一百三十秒的厕所。现在她一弯黑乌乌的发露在被子外面。

他们之间是什么呢? 床栏,空陷,床栏。

空陷之下的桌子上放着这个季节的水果,橙子还没拆下捏在手里哗哔响的塑料袋,杨梅渍了一夜的糖,水分都浸成了水红色,水蒸发出细白香甜的水雾,混杂着光线下飘散的尘埃——细长的,像是人脸上的绒毛,细看又有了棱角和透明的颜色,变成会扎人的玻璃碎片。它们混杂在一起,凝结成一只毛茸茸的手,那手上的绒毛也变了玫瑰色,撩开被子,进入到阴影之外。

女人的双腿猛地重叠到了一起,然后聚拢、立起来,变成虚弱的三角形。光线忽然变得清晰起来,在她一声似有似无的声音之后。她卷着被子往深处挪,显现出床单上的凹下的形状与皱褶——她双腿用力地交叠。光最亮的时候照到她的肩头一圆,水蜜桃欲熟时候的黄颜色。

男人一言不发地恢复了之前的姿势——就像只是在梦里抻了抻被子。女人头在狠狠地压下后又回复,仍然是垂着,像是还在睡。

窗外有了景色,在他们面前流动。流动的河流,青黄连绵的田野。低矮的山峦连绵成灰黑的铠甲。河水在火车的速度下飞快地闪着水光,然后转眼变远,另一支又猛地靠近,咬着人的眼睛叼着跑走了。不要想这是哪里。云在火车之后聚散,温吞的阴影在平原上爬行。

那团雪白的被褥一动不动。

男人的呼吸变得慢、轻,变成模糊的彩虹,他的双眼看着窗外,一只鸟平平地飞在高空,如果它翅膀的确在抖动,那一定是:啪……啪。奇妙的缓慢里,他觉得肚子变得空荡,肺的张合变得无限大,剧烈得会痛,又毫无声音。

女人忽然翻过了身子平躺。她的睫毛挂满了一道道的细长的灰尘,看不出眼睛的开合。她嘴唇打开了。

男人身后的斜角推得更高,几乎是坐着。在又一条闪亮的水流飞过的时候,女人再次翻过了身子——仿佛当自己是一个三棱柱一样。被子滑下来,搭在一起。她枕在自己垫着枕头的手背上,两只大眼睛确凿地望着他了——她仍是躺着,只不过是趴躺的,望着他。

忽然就变成像是她在低处,她的眼神,变成了由低往高看的眼神,河流在她眼里飘,微弱的闪着一点亮。

男人的腿搭在床栏上。朝着女人的双腿开着,脚踝交叉到一起。他的腰弯的弧度,看得到肚子上赘肉堆叠将起的弧线,像是细小的波浪。光落在宽平的肩膀与两胸之间,聚拢成一把尖利的小刀。他的手搭在被子上,手指松弛地落在明暗不定的阴影里。

他软塌的脖子变得僵直,因为偏转。

两个赤条条的人对望着。窗外的景、床栏、床和桌、闭合的车厢门,冷而空荡的车厢走道,都没有发出声音。

她的头低得更低。枕头又凹陷下去了一块。他的头移向昏暗处,好像要歪到一边了。他像是无话可说,但她又知道他看得到一切。哪怕是闭着眼睛,他那么恶毒又狡猾。

甜腻腻的水红色气息不见了。玻璃碎屑变得具象,细长的低端生出尖利的刃,还是飘在空中。

女人将枕头砸过去,她的脸在猛然挺起的身子上颤动。

实际上,她有一张多么好看的脸。她的脸是一个完成得很好的椭圆,嘴唇湿答答、红润润,她的眼睛望着他时,像垂下时一样显得温柔、怅惘、迷茫——哪怕是圆圆地瞪着他,她长长的睫毛在光下像是白发苍苍的老人一样灰白,为鱼一样滑顺的眼睛弧线挂帘。

她的眉立起来,嘴巴不停地开合,但望着他的眼睛又是沉静无声的。让人晕眩。她颤抖着向身后摸索,不柔软的枕巾、保湿水、口香糖、套子,和更多,直直地砸过去,它们沉闷地陷在白花花的柔软里。

她面颊泛着难以形容的颜色,是化在脸上的。这颜色使人无法看清她的脸了。她的脊背是绷直的,好像一动不动,但身体的火焰又分明在烧,在她一蓬漆黑蓬松的发间升高。光线也因此变得清晰而强烈,原来她整个身体——每一寸皮肤都在抖动,原来她已经汗流浃背。

男人似乎还在等待。

直到时间过去,光线变成没有香气的玫瑰色。床上只剩下被褥,她把手中最后的东西砸了过去,局促地蹙起了眉。

喉头像压紧后猛然放手的弹簧——他把枕头砸向她,弓起的身子弹出去,抓着晃动的床栏,扁平地跃过去。他们的脸和身体相撞得像是石头与石头,发出梆的声音,然后略微分开。她昂起下巴要动,但他跪立在她面前——他跪压着她的腿。玫瑰色的脸在方形的厚重的阴影里,愤怒变得单薄,发脆。

他们缠在一起,像是滚下山坡一样翻动。他的手捂住她的脸向后,直到达她脖子后仰的极限,她的睫毛在他汗湿的手心撩动,细白的汗气在光线里茫茫地消散。她身体里不断变化的角度,生硬的动作,还有溅出的粘液——它们在下滑。他的身体硬邦邦,他的头、另一只手四处拱,他拱到哪里,哪里就瞬间分明清楚,然后转瞬糊涂混沌。她的头发拱起来,一根根分明柔软地从头皮半立起来,然后湿黏地搅成一团;她暖和清晰的皮肤变得滚烫模糊,和触手摸到的任何东西都相似。直到她合合开的双眼不再动,失神地打开。睫毛和手心的弧度像是花瓣的圆。他放下手。

她的脸没有颜色,并没有出现他手心温热的汗气捂出细白上升的水雾、漂浮出的云。她变得平静。

他摸了摸自己的上身,才想起没有烟。于是搓搓手指。他四处看，抓过枕头，他的手伸进枕套里。她歪着身子，靠向窗沿的一线，静静地望着他。他摸出一张粉红色的纸币，把她粗鲁地打到一边。他爬到床头，他用手指的指节顶着，将纸币折叠出咔咔声，这声音已经足够欺骗过所有绝望的破产商人。他转身面对她，觑着，动作放到最慢，手臂像一片下落的羽毛，将一百元放在床单上。

她平坦舒缓的面部就和她的身体一样，她手捏起他腰边的枕头，压在一百元上。

男人一只脚将她踢得歪倒下去。他等了一会儿，又踢了她两下。坐着踢并不是件爽快的事情，他掐着她的脖子，另一手抓着她的头发，让她撞在墙壁上。他随意地打她，将她的脸偏过来偏过去。

他看着她歪着的脸忽然停下来了。他身子后挪，靠向窗子那边。

她依然头歪歪地贴着墙。

他没有继续后退，上身朝前攀过去，用一只手支着，又去抓她的头发，捏她的身体。他倒在她柔软的身体上，终于无法动弹了。她的皮肤又是美丽动人的了。他没有动，好像连呼吸都没有了，他不再觉得害怕。眼前会发生的一切都可以相信。

埋在她双乳之间的头拱了拱，他的嘴唇贴着那狭小的平地，在颤动。她的手伸过来，插入其中，捂住他的嘴。他嘴巴开合说着那几个字。然后爬起来。

他也慢慢靠着墙壁——他们并排靠着墙壁，他放下腿。床太狭窄，她几乎是快躺在他的身体上了。

男人像舟一样拖着她移动，直到可以完全放下身子。他没有搂着她的肩头，虽然他想这样做，他舔舔她的嘴唇，或吻她的耳朵，让她觉得舒服。他们坐在枕头上。

光一点一点熄灭了。当她转过脸时,最后的一点霞光在她包裹着颧骨的、薄薄的皮肤上掠过,就没有了。天开始黑。她转回脸。他们慢慢地一点点盖上被子。天全然黑下来。

她张口发出沙哑蹩脚的声音,说:"我想花钱买瓶水。"

"我想点了那一百块,抽根烟。"

他们没有看对方。女人柔软的乳也在下沉的夜色里。她靠着墙壁的背下沉一些,"不要抽烟……"她像只是为了表达在对话而开口。

"你知道……"男人看着她,她正望着窗外的天空——这样让他忽然想跟她再次说一遍那句放在她双乳之间的话,他才发现,在二十和三十岁之间,她原来的面容早就荡然无存,她每时每刻都在变化,这感情确凿无疑地不能再增添任何新的东西了,可它又为什么深不可测? 偏又逾越不了自身。

黑暗将她的沟壑填满。她保持沉默。

男人的眼神垂下,看向对面。床底边放着她白净的软棉拖。床下像是堆满了饱满的黑绒,与可疑的阴影。他可以将它们拖出来,打在她的身上,让她穿上它们然后滚。

吭哧吭哧。

"这没有用。"他身上的这个人在说话,她的嘴唇——在他脖子的上方吐着白气。

"明天就轮到你了。"

他感觉到她转过头,可是这样也无法看到他的眼睛,于是她又转回去。"听着,"她说,"我想买杯水,难道你不想抽根烟吗?"

可是这是一列空荡荡的火车——鬼知道它驶向什么地方——鬼知道它如何存在。

——无论我们扮演什么,我嫖你,还是你嫖我,我们都没有办法逾越自身,这一百块钱一定会破碎、花完。哪怕我们浑身赤裸、一无所有,我们没有办法按捺下我们自身,我们不能的。

黑透了——黑透了。那些水红色的气息啊——他打开了嗅觉,把那冰甜的空气用力地吸去,让它变薄,消弭。

她说,根本没有极光对吗。

他凶狠地把她推开,她倒在床栏上,他已经迅速地屈起腿,挪向床的另一边。

女人慢慢坐起来,她拨过自己的头发放在胸前,一绺一绺地把缠住的头发拨拉开。发尾落在她腹部的涡旋。她说:"你不要说那些,请'想想我们过去那么些年快乐的时间吧'——请你不要再说这样的话。"

那个男人坐在床的那边流泪。他的下体还挺立着,可他双手无力地放在身边的床单上。

他们刚刚欢愉过,但现在分开了。

她想告诉他的是,他们自己——这是爱或做爱都没有办法跨越或隐瞒的。这是他们以任何方式、任何身份都无法阻止的。你让我痉挛、呻吟,痉挛、歇斯里地,痉挛,感觉到自己身体里对方浓缩的泪水和隐痛。离开爱与情欲，我们就不知道去哪里。但我们没法离开自己。

"好。"他过去抓着床沿，望着她，又说，"就像只有十分钟一样。"他嘣地蹦了下去。床下是更黑的一层空间。他踹开她的拖鞋，说："你知道的。"床下那团夜色的毛绒像是骨头上刮不去的隐痛。他捏起一角，将它哗地拖出来。抱在怀里。

他可以像上一次一样将它们打在她的身上，打得她蹲在地上。可是也许他不能的，是像上一次那样将它们从她和自己的身上剥下来。

他将她的行李甩到十字路口的中心，他剥下她的外套。她的四肢都是转动的齿轮要把他碾碎挣脱，他捏着她的手腕不知道还能如何。

"你看吧，"她蹲着，狠狠将自己的手腕斜向下拽，她说，"没有别的方法了。"

大街上有许许多多穿着衣服的男人和女人，他们抓着彼此的手腕在奔跑，互相冲撞。

"走啊，走啊！去看极光！"

太多太多仓促的男女，疲惫的脸上炸出精神奕奕的光彩，他和她被推搡向一个方向。

这个男人问，这里不是南极也不是北极，为什么会有极光？

这个女人说，让我走吧，这样荒诞。

"走啊，你这胆小鬼，去看极光！"

男人抓着她的手腕。夜里的街道上铁轨在闪闪发光，轰鸣声带来一辆的确存在的火车。

没有什么不可以解决的。他抓着她。

他们被穿着衣服的男女们推上火车。

车厢空空荡荡。心跳都会发出回声。

女人坐在床上低头看着他,默默地重复,没什么会有用。我们毫无办法。

男人一手夹着所有的衣服,他的宽阔的背泛着光泽,也许是月光——他猛地拉开车门。

这列火车一如既往地行进。

猎鹿

长角鹿和短角鹿走到路灯下面,灯光为他们在地上铺成一个黄澄澄的圆。河水拍打岸边的水花溅到他们的小腿,小腿上棕色的皮毛碰脏的地方糊成了一团黑。但其他地方,尤其是他们的背,油光水滑的皮毛在灯光下闪耀着类似于桃棕色的光泽——就像短角鹿水润润的口红的颜色。

　　短角鹿有许多支口红,各种各样好看的颜色,圆柱形、方形、半圆形,塑料的、钢的、皮革的,一支一支地填满——填满什么呢? 她说,我感觉我有个弹槽,它们填满我的弹槽我才不害怕,我可以用它们把所有装饰着珠宝和纱幔的橱窗全部打碎。长角鹿于是理解。

　　在他们刚在一起的时候,那时候他刚变成鹿,他们都是短角鹿。他和她拥抱和亲吻的时候,小树一样的尖角会扎破对方颈部最薄最软的皮。他们扎伤了对方。长角鹿驮起短角鹿,跑到大街上。街道的灯都熄灭了,所有的商店都拉下了铝皮门,只有映着月亮的橱窗对着他们。长角鹿心里一阵比一阵地难过,他说我如果有长角,我就顶破它们的门和窗子。长角鹿驮着短角鹿在小镇上奔跑,一直跑到尽头,一家24小时营业的便利店还在闪光,它圆弧形的门挂满了彩色的南瓜灯。他的脚掌磨得发疼。

　　"这太可笑了,你们做什么鹿呢? 你们的角那么短、那么丑。"穿着深蓝色营业服的前台说,"没有,没有便利贴,柜台都锁起来啦。"前台打着哈欠。

　　她的衣服看起来硬邦邦的,而且是难看的颜色——长角鹿这么想,短角鹿在他的背上像一床柔软的被子。他紧了紧手臂,将她向上托,怕她难堪。最后他们坐在椅子上吃了两个冰淇淋——因为只有冰淇淋机还在运转,哔哩哔哩地闪着灯。短角鹿长长的眉毛塌下来,小口小口地吃着冰淇淋。长角鹿也没有手舞足蹈,他也在这个情绪里,但平静地说着很多她不会听的事情,告诉她如何打冰淇淋——他打出过一抽出筷子就跟雕塑一样的蛋白液。他越说越慢,偶尔也会舔舔嘴角。冰淇淋甜而冷的冰气碎纷纷地飘散开来,把他们流血的伤口凝结住,像夜里的霜。短角鹿咬下一口蛋筒的脆皮,大眼睛泛起雾气,她看了他一眼,说:"怎么办呢,我们难看的短角?"

长角鹿于是把存款都换了一对长角,它选择了黄铜的内心,坚硬而有光泽。他取出之前的皮肤,切下一大块,去除血水,泡上防腐的药剂,烘干,打上貂油,然后一层一层地织出鹿角短短的柔毛,他用旧牙刷小心地刷着,他把这皮毛贴在黄铜角上。

真的好手艺。匠人端着这对角也在称赞,他从工具箱里取出螺旋钉,那是长角鹿看过最亮最好的钉子。好马配好鞍,鹿也要配好角,匠人掂量着锤子,邦邦邦。邦邦邦。匠人把角钉上,沉甸甸的——他坐在椅子上抚摸自己的角。他变成了一只长角鹿。

他们都因此变得更可爱。

长角鹿和短角鹿拥抱、亲吻时,他就会举起她,让她的小小的鹿角架在他坚硬繁复的角上。短角鹿要是脚抵着墙,她就像失重了一样,而他在下面接着她。长角鹿巨大的角、结实的分叉,足以架住短角鹿的手掌或前肢。长角鹿再背起短角鹿时她就可以把前肢放在他的长角间,她的薄围巾把长角搭成柔软下陷的毛绒沙发。短角鹿在他肩头上甜蜜蜜地叫唤,挥舞双手。

他们穿过狭窄的小巷子,长角刮过工厂之间的铁皮,发出刺耳的声音,迸溅出火花。他们奔跑在街道上,他的长角把连排的橱窗都撞碎,玻璃碎片像劈开的烟花一样——他穿着厚底皮靴,十四孔的靴子把小腿包裹得紧紧的,有力的脚步把石板路上石块间的泥土都震得弹动。他像是碾过的压土机,脚掌把碎片碾成亮晶晶的泥屑。长角之间的缝隙可以挂住许多个冰淇淋。

短角鹿有时无声地滑下来,抬头看着他,踮起脚掌抚摸他好看的长角——这实在是一对威风的、响当当的角。长角鹿处理得耐心仔细,让它们永远都是干净清透的味道,一层层织上去的绒毛他每天都搓揉,用牙签把灰尘和碎屑剔下来——柔软的手抚摸到长角边缘闪光的铜钉,她张开涂成粉橘色、桃棕色或玫瑰色的双唇,问:"你会痛吗?"短角鹿有柔软水润的唇,像是刚剥出来的荔枝。甜。长角鹿说:"一点都不。"他有些跑累了,她也兴奋到疲倦。长角鹿和短角鹿肩并着肩,她的左角尖搭在他右角根上,他们慢慢走在夜里锡白的路面上,长角鹿的靴子把路面踩出啪嗒啪嗒的声音。他说:"以后我们夜泳时,我也可以驮着你。"

短角鹿在灯光下抖动着毛皮,抖散了桃棕色的光晕。她垂着头,只露出两弧睫毛。

开始吧。

她头也不回——长角鹿有些遗憾。回头时的短角鹿最好看,她因为轻微近视而有些神色涣散的大眼睛,也会显得顾盼有神,窄小的鹿角下细软的耳朵——那泛白的边缘挂着的一排圆圆的银耳环会碰出细碎的响声。她宽松的袍子一晃,腰上的铃铛就响。宽松的袍子来回摆动,几何图案的丝绵布一贴身上就像是新长出的毛皮,河风推着她空荡荡的袍子,一会儿显出她这一面的曲线,一会儿突出她那一面的弧度。

河水拍打出银白的水花。

短角鹿更用力地抖着身体,鹿皮一叠一叠地抖落下来,堆在地上。她俯下来,伸头去看波动的河面,抖落的外皮并没有蹭掉她粉橘色的口红。她蹲在岸边,脸侧过来侧过去,反复地看,一面问:"你好了吗?"

短角鹿把外皮扎紧成一个小包裹,再由袍子裹着,放在他的角上。他们一个台阶、一个台阶地没到水里,然后哗啦推开银白色的水面向前游。短角鹿的脸进入水里,浸过水的脸毫无光泽的死白,像是一揭就能揭开。她像一面起了雾的冷玻璃,嘴唇上的粉橘色在水里化成一团雾霭般的粉尘,随着她浮起的头快速地消散开。粉橘色的水团打在长角鹿刚沉下的面上,他面上的短毛在水里像无数个小水母一样散动,他的眼睛蒙上了粉。

长角鹿游得太慢,他的四肢一会儿前后摆动,一会儿左右摆动,他只能保证不让自己沉下去,缓慢地扑腾,努力跟在短角鹿的后头。他一直都游得笨拙,像是狗刨一样。

诚实地说,在长角鹿遇见短角鹿之前,他一直以为自己会是一条狗。

当然,他有头颅,有不仅健全、而且修长的四肢,他站在人群里,大家笑他便笑,大家高兴得跳起来时他跳得也不低,当大家学会和恋人一起看话剧时,他也学会了和身边让他紧张得脊背僵硬的姑娘一起安然地看完,演员谢幕时他会和其他人一样举起手,大声叫着,哎,牛逼。牛逼——虽然他喉咙眼儿都干得冒出发黄的烟了。他始终是人群中的一个。

但那时候他就一直想着想,什么时候自己才会变成狗。

当初那个让他僵直了脊背、让他想要不停喝水的姑娘已经变成一条狗。上次他看到她时她已经学会斜着仰起上身,跃到人的怀里去,晃荡着圆滚滚的屁股,发出响亮的笑声。

那个时候,长角鹿还没有决定好去做一条狗。虽然每个方面他都表现得那么合适。他做着一份推销员的工作,向其他狗兜售美瞳。作为狗露出眼白是一件很丢脸的事。长角鹿的身上就挂满了玻璃瓶子,里面都是鸽子蛋一样大的美瞳,柔软地飘在玻璃瓶的液体中间晃荡,它们就像飘荡在他身边的花瓣一样。有时候他也要为这些美瞳去攒词,印传单,发小广告。但他的职位始终是推销员。他靠每天送工作餐的老先生得到今天要去做什么的消息,然后便去做。毫无怨尤。

长角鹿在快要变成一条狗的时候,父母为他安排了现在已经变成小宠物的姑娘。

狗姑娘很美,饱满的脸颊有光洁和清冷的光晕,她几乎永远是笑嘻嘻的样子。与她一起变成一条狗,应该是一件很有面子的事。

狗姑娘对他甜腻腻地笑着,向他递过来一个手电筒,"可以帮帮我吗?"

这是一个细长的手电筒,有黄铜的灯罩,打开来是柔和的暖黄的光。

"对,对,抬高一点,"狗姑娘踮着脚尖摆动他的手,"在这个方向,要看到我的脸像会发光一样——你累吗?"

你的脸本来就像会发光一样。长角鹿想着。他僵直着背,抬着一只手举着手电筒,似乎非常地合适。虫蝇都飞在他的头发上空盘旋。他们走着。

狗姑娘是一个演员,除了去看话剧时她的手电筒会被没收折断,其他时候必须生活在灯光下。她经常送给他许许多多的话剧杂志和五颜六色的场刊。这些话剧总演一些不会发生的事情,火车出轨、美人鱼劈开鱼尾、不开心病房,等等。

在舞台上时她也不需要他为她打光,灯光装置会提供给她。但那并不是长角鹿轻松高兴的时刻,他经常陪她去练习。她在一场话剧结束后留在那儿,和其他人穿着灰扑扑的舞鞋爬上舞台——不,那些已经不是人,他们有的已经变成了狗。

长角鹿有些不安,他捏着丢给他的台词簿。

"你的台词太差了,你练练顺口溜。"一条狗打断他,所有人和狗都停下来望着他。狗姑娘也是,面上还挂着微笑。

"什么顺口溜?"

狗们仰起了头——

　　白石白又滑,

　　搬来白石搭白塔。

　　白石塔,

　　白石塔,

　　白石搭石塔,

　　白塔白石搭。

搭好白石塔，

白塔白又滑。

他们低下毛茸茸的下巴，又沉甸甸地望着长角鹿了。长角鹿舔舔嘴唇，看了狗姑娘一眼，慢慢地念了一遍：白石塔白石塔……长角鹿看着他们，他们像是一个圈包围住他：白石塔白石塔……他声音渐渐低下来，人佝偻着——这个人狗圈错落，他们的耳朵立起来像风扇一样抖动，靠近，靠近，长角鹿的眼珠子滚动着，他不在首、不在末——他们尖尖的耳朵都要刮到他的脸了，但他依然不是这个圆圈里的一个点。

白塔白又滑。

有条狗忽然叫了一声，他也在念完的沉默中不自觉又匆忙地叫了一声。

所有人围着他张开大口，然后爆发出整齐的笑声，哈哈哈，哈哈哈。

我们是专业演员，笑声都是要考量的。他们说，你应该去练练肺活量。

——好热。好热。他冒出许多的汗，汗在他的皮肤上快速地蒸发成了汽。他的喉咙眼在叫，给我水呀，给我水呀。

狗姑娘过来拉着他的手，甜腻腻地说："你可以去练跳绳呀——啊呀，你怎么这么烫。"

那时候,长角鹿总在深夜无人的时候把绳子缠上棉花,然后跳绳。想念狗姑娘的时候他就跳绳。他手中挥舞的绳子把家里木板缝中堆积的灰尘和小爬虫都掀了出来,围着他变成一个灰蒙的变化的圆。他的心脏在这个灰蒙的圆的中心跳动。

他思念她时就会跳绳。在结束电话之后。

长角鹿滚烫的皮肤冒出更多的汗水,蒸发的白汽飞快地蹿到了窗外去。他停下时咕嘟咕嘟地喝水。而狗姑娘已经做了许多个好梦。

"人类的誓言总是说变就变,你看你对着起誓的月亮也是阴晴圆缺。"长角鹿举起手,大家都望着他——可以了——他的声音中气十足,因为热而身形恍惚让他头上像是有一轮颤抖的殉道士光环。

他的故作蹒跚,他的新舞鞋在舞台的木地板上留下一团一团汗湿的汗渍。

"不对,不对,女主角,这换了台词。"身后有声音。

"知道啦。"狗姑娘软软的声音,"道具呢,道具呢?"

"啊,你随便拿个东西吧。"

长角鹿回头看着他们,他们挥舞着手让他偏回头去,"你继续走。"

可是他热得要炸开啦——长颈鹿眼睛都模糊了。水!他要泡在水里喝水!

"你走嘛。"她声音像是贴在他怀里转了个圈。

他甩甩湿淋淋的头发,继续向前走。

热气达到了顶点的时候,一个东西嘣地砸到了他的背,像是烙铁一样的痛。

"你走吧,狗! 你看你走路的姿势! 多么像一条狗。"

怀里的一缕白汽从他背后穿出去。

那东西掉下来,骨碌碌滚动,是她细长的手电筒,已经摔断了。断开的柄露出破损的电线,火星在跳动。

"你看你走的样子,像是狗跟着买了骨头的妇人,她手里有肉你就踮着脚弓着身子随她走,摇晃着尾巴。可是狗,你看看你,你走的时候——哪怕是离开的时候,没有肉,你为什么也像狗一样! 你的脊背! 你的手脚! 你的眼神都望向哪里?"

狗姑娘在长角鹿高举的手臂下净洁发光的模样在他猛烈流泻的滚烫水汽中一晃。像是一层划开的玻璃纸。

他蹲了下来。

"喂,说你,你为什么停下了?"

所有人都大声笑,一边夸赞狗姑娘演得好——喂,你为什么停下?

他被亲昵地拍打着肩膀,他被翻过身子。

大家看向他,后退了一步,流露出恐惧,交替眼神——你在哭?

长角鹿双眼涌出奔涌不尽的蒸汽。

他把手电筒断开的部分接上,立在一边,好不让它总是骨碌碌地转动。但它很快啪地又断开，像是斩断了脖子只连着皮的头颅。

大家有些扫兴，什么嘛，你也是要做狗的，做狗怎么能哭呢。

长角鹿模糊的眼前看到巨大的光下另一团白气，轻微地晃动。

短角鹿逐渐在水面中与长角鹿平行着浮动。她茫然的大眼睛在雪白的面皮上开阖不定，快要合成两条狭长柔软的弧线了。

长角鹿在很多个这样的夜晚，还是想要问她，我游得像狗吗？——即便他已经变成了一只鹿，不再脊背僵直、浑身滚烫，需要不停地喝水。他还有最棒的双角，可以顶破一切亮晶晶、冷冰冰的东西。

长角鹿挺着脖子，怕水花会打湿架在鹿角上的袍子。黑茫茫的水波尽头是对岸的灯，它们已经熄灭了，但是水晶灯罩好像还留着一些光的影子，一排排像鬼魂一样摇晃。天不再是绝对的黑，水波已经变得紫蓝。只是月亮和星星的倒影也已经黯淡。

可能已经游了一半，小小的漩涡在咬他们的脚。

"到我背上来吧。"

"嗯。"短角鹿粉橘色的嘴唇吞吐着河水。

曲折硕大的长角劈开水面，短角鹿疲惫地环抱着角的根部，夹着长角鹿的双腿慢慢地也放下了，任它们荡在水面上浮动。

"你说，我适合做一头鹿吗？"蜜波荡漾般的触觉——短角鹿的手指钻到袍子下面，抚摸着他的头顶打圈。

可是亲爱的，你还没有完全决定好做一头鹿吗——长角鹿把这句话随着嘴里吞吐的水散了出去。

那头顶的涡旋曾经剥开头发、肉皮与细血管坦诚地裸露湿白的头骨在她面前。只有短角鹿见过他头顶的凹陷。

"你并不适合做一头鹿。你身体热到要剥下一层皮和脂肪。"匠人把他的皮铺在桌子上擦拭。

玫瑰色的吻印在他崭新而冰冷的嘴唇上。

"可为什么他们都做狗，你不轻松地去做一条狗？你会做得很棒——而且高兴。"匠人在他的皮上用钢尺划拉着测量。窗外的石板路上漂浮着刚走出匠人街的新狗们奇怪的叫声，呜呜呜。他们的尾巴和脑袋摇晃出忽忽的声音。

如果这个声音低一些、弱一些，就会像婴儿的哭声，而不是兴高采烈。

短角鹿慢慢地说："因为不想一难过、一高兴，都要泡在水里面。"

"如果成为狗，你只会高兴。而且皮肤不会发烫。"

短角鹿低着头，看着躺着的长角鹿。他们成了一个悲伤的直角。

匠人把皮收起来，"小姑娘，你现在皮肤还太厚啦，你只能裹着鹿皮。"

要不断地夜泳，直到凌晨。皮肤变得白而薄，高兴或难过时皮肤会越来越烫。等到它薄得像纸，轻轻一掀就能整片地掀起来，贴上新的皮，变成鹿。

匠人一把掀开箱子，把长角鹿的皮放进去。

"如果只有你一个人是这样……"

"敏感脆弱吗？"

"薄得像纸——只有你一个人这样的话，你还会做一头鹿吗？"

袍子的铃铛在晃荡。短角鹿的手指慢慢停止了画圈。她在睡梦中又变薄了一层。

长角鹿四肢的摆动仿佛发挥了更大的作用。水花变得规律而微小。

岸边出现了一线白——起先长角鹿以为是曙光，因为天已经变得浅蓝。但那白又那么的单调、毫无光彩。过渡的奇特光晕呢？也没有。

他听到声音，像在哭。

游过来了漩涡群，长角鹿才看清。穿着白T恤的狗站在岸边，站成了一排。他们的耳朵都像风扇一样抖动起来，高高地昂着下巴，露出脖子上一溜脏兮兮的绒毛。

看不清哪只是领头，口号通过脆弱的塑料喇叭的外扩仿佛加上一层奇怪的滤网，显得雄浑悲壮：我们永远高兴，我们凝聚成团，我们没有愿望，每一天都像太阳。

长角鹿闭上了眼睛，温吞缓慢地划向前。短角鹿又像是失重一样，他只感觉得到头的重量——她的脸依然贴着。

清晨掉落的一滴露，手中要化的一片雪花，快要落地的羽毛——要变薄、变低、变小，或者变成有眼无珠的人，才能让这一刻的感觉放大。

打过身边的这朵浪花渐远的声音，被小喇叭奏出的噗噗噗声淹没不可闻。狗们叫得兴高采烈、朝气蓬勃。

他们叫："呜呜呜，呜呜呜。"

唤真真

聂锋终于还是察觉到了那幅画卷的异样。

画卷在床的右侧,画卷里容颜姣好的少女与聂锋有着别无二致的嘴涡,以及茫茫然的大眼睛。他和她连嘴角连接到鼻翼那两根切过脸腮的线条弧度也是一样的。聂锋的那两根线经过长期的紧绷已经变成松弛陷落的两道皱纹,少女的那线条还是紧张地僵直。

两个月前,一个哑巴磨镜人拿着这幅画前来求见,画卷上漆黑的背景与微弱的闪电像是磨镜人变化出来的戏法,守卫忙不迭地去通传。磨镜人穿过层层大门、层层守卫,一层一层地来到疲惫的聂锋面前。聂锋明白了守卫的惶恐,并庆幸这个人是个哑巴。他想起了五年前那个雷雨夜——在一声尖锐的咻呼声后,雷、雨、电滔天地出现,随后它们又齐齐消失,直到今天,魏县像是进入了一个巨大的幻觉。拖延了半个月后,聂锋将军府嫡女真真暴毙的消息才慢慢地散了出去。

聂锋接受了这幅画,这幅画里初长成的少女留在了他床侧的墙上。他一遍遍抚摸着自己宽大坚毅的下巴,以长久的难以捉摸的情绪,端详着这幅画。

聂锋想,反正自己已经老了——他允许自己这么做。第一拨刺客来的时候,他左臂受了一箭,积年留下来的伤就一齐发作了。他不得不半身瘫痪、嘴角流涎地躺在床上大半个月,花了大价钱从南方雇了一个门派的人来保护自己,应付刺客。第二拨刺客被全歼,整个门派全军覆没,江湖上颇有了一番动静。刘昌裔新官上任接的陈许节度使的位子,周边的几块藩镇还忙于彼此的吞并与消化无暇顾忌陈许与魏博,刘昌裔当然不肯放弃魏博这块肥肉。各门派虽听凭报酬各为其主,但全门皆灭也是少有,刘昌裔索性造势起来,在江湖上放出话去,赏金翻了一番,悬红一千两,要魏博大将聂锋的人头。魏博这块小地方,多年来全凭聂锋旧时的威名才平安无虞到今天,可见这赏金也不是好拿的。接连来的两小拨又被全灭,守卫也已伤亡大半。江湖上有头脸接单的门派,更有那没落许久或者新起的小门户,都把这出头机会看在眼里——谁摘了这颗头颅本门自然是后起之秀、大放异彩,踩着之前灭门的那几个门派的身子往前攀了攀。

聂锋打过很多场大仗,战场上面对大风大浪有着异样的果敢决断,入伍前他徒手制服过发飙的野牛,做了将军后他千里取过人头——早在他长成人高马大前,神婆就预示了他的好运,"年轻人,莫叹少年穷,你可有个将军命咧。"

不幸的是他只是一个保守的将军,他善于在刀枪间排列军队,但与节度使们明争暗斗、划地争粮时却握着兵马露出了年轻时作为农夫的弱势与茫然。现在年近五十的他更软弱了。老来得女,唯一的女儿死后他再也没有打过仗,接下来的日子里妻子很快就死了。其余几个妾始终没能生下孩子。那些年轻的姬妾脸上红润的血色在那个滔天的雷雨夜后迅速地消失不再,她们很快地就衰老如蔫啦吧唧的丝瓜瓤。往常出征前搂着妻儿告别的仪式隔了五年又要用上了,才发现早就空置了。聂锋抛却了之前五年的担忧疑惧,找了很多个与自己相似的人充当将军,他关在房里变成了个靠钱维持日子的、垂头丧气的老人。他长久地对着那幅画并流泪。守卫对他说这次死了多少个刺客,他说唉;仆人问他说偏院刘姨娘死了该划多少敛丧,他说唉;田里来还租说今年的收成,购入了多少只牲畜,母猪产崽多少只,他听得满眼泪。

聂锋常常幻想"如果",他那个愿望会经常自己顺着肠子爬上来,一次次敲打他的脑子——关于真真。最后他几乎都要承认这个愿望了。因为他发现每天报告情况的守卫开始在不知不觉中换成陌生的面孔,并再也没有熟悉起来。当没有守卫报告的时候他就该死了,即便他还有许多懒得收拾的钱财。

但是有一天晚上,当他又做了许久不曾梦到的噩梦,梦见一个尼姑牵着长大了的真真呼雷唤电地回来时,他还是差点背过气去。这次的梦似乎醒不了似的,一转眼变成了漆黑一片,这片漆黑变化出一个小小的火苗。

真真出生的时候就给聂府带来了火种。这个火种首先来到了聂锋的梦里,然后烧到了聂府、烧到了五月——她本该生在八月。如果生在八月就不会是这样,聂锋就不会着了梦魇一脚踹到有孕的妻子,妻子滚在地上时就不会一手拽下桌布让蜡油油淋淋地泼得到处都是。可是真真出生在了五月,聂镇的人都知道她带来了一次意外的走水,而聂锋夫妇以及接生婆避而不宣的是她出生时的难产带给聂夫人的严重撕裂,以及她的生辰。出于父亲的仁慈,他将她的生辰往后延了两个时辰,他选择把这些意外的答案封存成一个秘密,这样或许她就可以避免生在五月初五、成为一个五月子的坏运气,或许。

聂锋曾经一度觉得这是他作为一个父亲的牺牲——他毕竟是一个谨慎的、有身份的人。从真真出生开始他就想尽了办法去规避可能会发生的一切,他妻子唯一一次忤逆他就是因为她打破了他这种为人父的善意。她把真真从用红绳绑着的椅子上解了下来——已经绑了六天，差一天就可以功德圆满了。神婆摆摆手走了。聂锋非常伤心，也许真真注定就是一个忤逆女。真真遂起了红疹子，闹腾了一个月，注定是没有福气的。

聂锋很失望。但他仍然准许真真居住在正府旁的小屋，甚至每个月还准许乳娘把真真用艾叶水洗干净，抱进正府来给他和妻子看看。

作为将军的女儿应有的，他庄重地给了她一场抓周宴。仆人们搬上最大最明亮的烛火来，客人们团团坐在桌边，上了鸡鸭满了酒杯，真真也被乳娘抱上了大红桌，一切如意妥帖，直到真真小小的手掌插入珠宝琳琅里，掏出一个最常见最普通的物什，所有宾客陷入了尴尬的苦恼，即便这玩意儿他们每天也需要——那无论如何说不上光彩体面的、五文钱的火折子。真真举着火折子朝他爬过来，以一种委屈的神情。他挪了挪僵硬的手臂，牵牵嘴角。一朵小小的火苗毁了这一切，他用手一扑只扑到成灰的毛屑和参差的胡须。

火折子的出现是仆人加灯时犯的错误。他也可以认为那火苗是他眼睛的错误，但偏偏他的眼珠子留住了火苗从真真另一只空空如也的手掌冒出来的印象，每每想起火苗乍现后灼烧的痛感就从聂锋的灰黑的胡须上爬上来。

聂锋毕竟是个父亲。最后查到乳娘的丈夫是个变戏法的，他找个理由把乳娘遣走了，真真则着伙房的丫鬟一日三餐地喂饭并打点。左不过他见得少些。

之后的一切聂府里的人都讳莫如深。那个伙房丫鬟被遣走之前曾模仿大小姐的话："爹爹怎么不睬我？我会变火，爹爹总不信哪。"那丫鬟学的表情非常逼真,有着孩童天真的委屈与疑惑的神色,她乍然地张开拳头,仿佛那火花都烧到了大家的睫毛。遗憾的是,再也没有下一个照料的丫鬟学一学。聂真真的传奇停了好几年,直到五年前的夜里仆人把真真牵到府里——她毕竟也太久没有见爹娘了,实在不像样。于是出现了那场闪电。

曾有个马夫喝醉了跑舌头,说那夜曾见个姑子抱着个什么一晃而过。但马夫醒酒后就被发现房里藏着一个姨娘的荷包,马夫被打死了事,姨娘也浸了猪笼。半个月后真真死透的消息才传出来。

火花已经熄灭了五年。在聂锋最常做的噩梦里,还留着真真那句喜滋滋的童语,"爹爹,我招招手,天也会应我呢,你信不信?"雷电滔天,降落到真真的手里,真真仰着的脸,也就聂锋的拳头那么大。那一刻开始,聂锋的脑子就懵了,紧接着真真的号哭,那个来去无踪的姑子——聂锋脑子空了,很快眼前也空了,回到了黑寂寂一片,怀抱着女童的姑子的影子消失在房檐。

火花就此熄灭了五年。

但这次,聂锋梦中的火花却逼真得烧到了喉咙,他不禁张开了嘴巴——他以为他要老泪纵横地叫一声真真结束这个噩梦,但他又一次看见了小小的火苗。他以为回到了梦境,但很快又感觉到了口腔里切实的灼热干燥,这个火苗往上窜,让他看到了自己鼻尖上的汗珠,以及火苗下一丝颤动的银线。聂锋始觉脖子上的一层薄皮随之拉扯,却麻得脑子都昏聩。他欲起身,才发觉身下的被褥都已经汗湿,浑身动弹不得,想挪成一个体面的姿势也不能稍稍如意。

那火苗却动了起来,咻的一声窜到了银线上,然后就是一声细微的嘭嗤,像是什么破裂的声音。聂锋感觉到有东西扑啦啦地掉落到了自己身上，又被一把提起。他双耳真真地听到一声嚓，然后屋内灯火瞬时亮了起来，一个黑影唰地飞开两扇门，紧接着是尖锐的声音——就像以前他朝天射箭时的声音，然后便听到有声音骚动，大怒作声的、按捺抽气的、冷笑连连的声音不绝。屋内有人高声一句："隐字派聂隐娘来此下保，各位英雄请回。"这声音像辘轳轴一样硬邦邦，几乎听不出来是个女声了。

甚远的吧，便有人答应："隐字派虽没落许久，本事不怎样，那老尼却是个假清高的性子，怎的今日也顾起名头、操弄起这刺客游侠的活了？"也有人怒气不绝，"你这小妮子忒狠毒，师兄烧成这样还恁地活！"

却有人冷不丁低笑："这妮子说自己姓聂？聂将军府的门匾高挂，魏县怎的还有女孩子敢姓聂？姑娘怕不是来作保的罢？"

那女声却嘻嘻笑，说："那你以为是来做什么的呢？"聂锋躺在床上心惊肉战，他一动，脖子就喀拉喀拉响，他低头一看，却是好几十缠的线，已经变成了粉色，胸前的衣襟有滴下的血渍——不见湿印，恐怕有小半个时辰了，颈子现在还浑然不痛，必是被下了什么鬼怪。

事到临头，聂锋不如他想象的平静了。他再一动，才发现脖子虽麻，却是可以动的。屋外人一呼一吸间他已变换了上千个念头，战战兢兢地伸长脖子，想要探个究竟，脖子刚挪出床沿，听得有人答："五月是毒，五日是恶，重五是死亡之日。五月子养在门下，不利于父母。聂夫人死得早，姑娘这时候回来，是帮聂将军呢，还是嫌聂将军活得长呢？"

聂锋不禁啊呀一声叫出来，如五雷轰顶，整个人跌下床去滚了几滚。手不知撞到什么，一个东西啪地打到他头上。聂锋颤巍巍一摸，却是画轴，他整个人摊在画轴上，还想挪动，就看到画轴上只剩下雷雨夜的背景——少女不见了。

画轴变为了一个空景？

他耳畔听得女声一阵嘻嘻笑，惊得五脏俱焚、呼吸都吸不进气，情不自禁地往画轴另一边挪，就听到一声轰鸣，一道白光透过窗户正正地炸在了他的眼前——他晕了过去。

这场昏迷清晰且漫长。回鹘南下那会，他曾被一刀砍下，刀伤滑过了整块背部，他不知道昏迷了多久，醒来时他茫然地看着漆黑一片，朝一个未知的方向跑，一路上茅草划得满手臂的血道子。他后来坐在军营里时看着这些血道子又深又长，想那草不知道长成了森林还是丛子，但若不是这个方向，他就是当夜被突袭死难的五千人之一，而不是冒死回来报信的英雄。聂锋不相信命运会再次那么善良地把他推上正确的那条路——

他用了快一辈子的时间去接受醒来这个动作。好在是在始终如一的黑暗里，他才能勉强思考。他想那个窗外的女子——她到底是聂隐娘还是聂真真，他甚至考虑了自己要不要维持一个可怜的老人、可怜的父亲的身份。他为自己能这样考虑而感慨得连梦里都在流泪。

但聂锋在经历了一系列缓慢周全的起床动作后，他却并没看到活生生的聂真真或是聂隐娘。他走出房门转悠了好几圈，没有任何痕迹。这个院子和以前一样死气沉沉、一成不变。他走到门口，主动问了守卫丁昨夜的情况——就像是重新有了生活的热情似的，像他刚得到这座府邸时那样事无巨细。守卫丁很遗憾地说他昨晚睡了一会儿，但并没听到什么异动——有点太平静了。

聂锋最后不得不回屋了,他以为会有无奈失落的表情,但脸部像是从未有过的松弛,他甚至都能感觉到嘴角的翘起。聂锋上床坐了一会儿,思索了许久,又不禁站起来,然后走到床右侧——画还挂着,自然那少女还待在画上,一副新新的、嫩嫩的模样。她不会回来的,他这么一想。然后他觉得这幅画有些不对,画好像有些歪,他移了移卷轴——这幅画老老实实地任他摆来弄去。他抚摸着这幅平常的画,跟自己说:诚然我是希望她回来的,不,是再见一面,但是……但我现在只是想平静地、体面地死掉。

聂锋一把把那画取了下来。一切正常。他捧着画卷转了好几圈,最后笃笃笃地走进了书房,转动砚台,桌子后的书柜喀拉拉地异动出一条暗格。他还有许多这样的暗格,他还有许多财富。只要他依依不舍地把这画卷放进去,就可以结束了——再烧两炷香。让他体面地去死吧。

画卷在聂锋手里打了个转,还没离手,他就听到了两声轻飘飘的声音——破坏了仪式的庄重,或许是仆人在扫树叶,他有些生气地往窗户处走两步——干脆让他们走人!哪知道人还没近前,窗户却咣地应声而破,一道亮光直朝他面上袭来,他来不及思考直接向后仰,头直接敲到了桌角上,整个人斜着滚到地毯上,看清了那是把弯刀——弯刀的速度比他想象的还要快,第二把已经直接飞了过来直扎到他左臂,飞刀一抽连带着带出一块皮撕裂下来。刀刃带齿。聂锋猜这府里守卫、仆人已死尽,他闭紧双眼,手里还握着画卷,心下五味杂陈,心想今日必然丧命于此。

耳畔听得一声诡异的"嘶——"声,他感到第三把刀的刀风停滞了。睁开眼发现一个白乎乎的东西弹到他的面前。聂锋停止了徒劳的后挪,顺着那玩意眼一扫,却是书房的墙壁里出现个人形,硬生生地拉扯到他面前,他惊恐得一时定在当地,却听到啪的一声,那白乎乎的东西的头部扭转了一下,朝他张大了嘴——

聂锋下意识支撑着想要站起来——所有房间的右墙上都放有一把宝剑,这并不是为她回来而准备的!他手一支,左手一阵剧痛,整个人直接摔在了地上。他已经来不及撑起身子,更多把闪着白光的弯刀就像从正面墙上发射出来似的朝他勾连过来。他喉咙底像有什么滚动着,那白乎乎的东西却不看他,转过了头去。

白光的涌现并不是瞬间,在这段他双眼被光刺得一片白茫茫的时间里,他除了剧烈的摩擦声外什么也听不到——他感觉到有风,层层叠叠的松垮的皮肤被吹成了一面扇子……而后风向骤逆,就像自己的脸被抽了一巴掌似的,白茫茫中听到了不知多少刀剑碰撞的声音,然后猛然一个清越的女声叫了声收,白光渐歇,他看到房内八扇大窗荡然无存,正面墙千疮百孔。他身前那白乎乎的东西变成了一个站立的真实的女人。

那人回过头来,对他伸出手。她把他扶了起来。

聂锋分明觉得自己有些站不住。他喉咙底沉静下来,他口里的水分蒸腾得厉害、迅速地干燥。他说:"你是……原来是你?"

她手抚了抚自己耳后的帽檐,说:"我不相信你没有梦到过我牵着真真回来。"聂锋张张口,有些干巴巴的,他抿了抿嘴,说是啊是啊。她抽过他手里的画卷。聂锋说:"这……"

姑子说:"先出去。"

她扶他走。聂锋缓缓吸吐了几口气,走到门外,却发现府里还是碧树绿草、鸟叫喳喳。姑子冷着脸看着他。聂锋往四周一看,没有丝毫打斗的痕迹，他隐约还听得到伙计担水时的晃荡声——烈日炎炎。他回头看，整面墙完好无损，窗户严丝合缝地闭着。

姑子轻微哼了一声，手往他右臂上一拍。他低头看看自己，没有丝毫血迹，手臂活动自如。聂锋张大嘴，姑子已经径直往前走去。聂锋一身冷汗，只能硬着头皮跟了上去。

他们走回了他的卧室里。姑子轻车熟路，她把画卷展开，又挂回了原来的地方，然后绷着脸站着。不知道是不是光线的原因，画面显得更加鲜艳逼真。他心里七上八下地坐在桌子旁——姑子看起来和五年前毫无差别，望之二十许人罢了。聂锋慢慢思索着。姑子冷不丁问："想你女儿吗？"他说："想，想！"然后是一阵沉默，他们都没提起刚才发生的事——就像她故意折磨他似的。聂锋心里千头万绪，不知道从何问起，这姑子又丝毫没有要开口的样子。他缓缓道："真真没回来啊？"姑子冷笑一声："关你何事。"

聂锋顿了顿，不禁老泪涟涟，"仙姑慈悲。真真是我的女儿，个中滋味我最清楚。现在我大祸临头，也不抱生念。真真若不回来也好，像仙姑一样做个逍遥神仙，算是全了父女情谊。"姑子不语，静静看着画卷。聂锋望着这姑子，心里暗骂一句，掂量着试探道："如今我如何生如何死，但凭仙姑一句话。"姑子却勃然怒了起来，"你是生是死，还不是得看你自己什么德性。真真若不愿回来，唤一万声真真她也是不会回来的，与我何干。你这等自私自利的小人也配做父亲？你便在这里等着，死活都与我没甚关系。"姑子袖子一拂，扭头便走。他起身看，那姑子穿过一道道的光柱，刹那间就没了影踪。一旁浇花洒水的仆人浑然不见此人似的，庭院里一派安静。

聂锋呸一声，心里骂道：说到底不就是个游侠混混，没的品秩还摆出这架子来。他擦干净脸上的湿腻,总归怎的想心里也不舒服。他回身一看,画上的少女还茫茫然地看着他。聂锋气不打一处来,一脚踹向凳子。凳子被踹得咕噜噜打转,聂锋走到画卷面前凝视着。

他告诉自己要冷静。他只能以将军的身份去死,而不是在种种鬼怪里狼狈地受罪。他不能像之前那样软弱混沌了,得拿出个主意来。他得弄明白这些乱七八糟的事!节度使和朝廷之间的龃龉他当了炮灰,可这家事他得解决。

聂锋张口叫来了仆人,叫他把那个扔下这个火种的磨镜人偷偷找来。

暮色四合的时候,仆人才领着磨镜人来了。磨镜人半佝偻着从门槛上跌撞进来,仆人把他扶起来,聂锋低眼看着他灰败的脸色,一眼把他宽大的额头、肥大的鼻子、指节粗大略微颤抖的手看在眼里。他很满意,并和缓下来。仆人补充说:"啊呀,哪晓得正好撞到守卫,他又是哑巴,被一通打,还好拦住了,这头破血流的……"磨镜人仰头露出了一个表示没事的、低微老实的笑。聂锋挥挥手让仆人出去,并示意磨镜人坐下来。

磨镜人不安地坐下了。聂锋指指身后挂着的画卷——他不敢再动。聂锋说:"你原原本本告诉我。"磨镜人急忙摆手,聂锋一拍桌子,"现在我好好地请你来,问你,是看你是个老实人。你若不老实说,我可以直接把你拉出去打死。"磨镜人再摆手,聂锋冷眼看着,"你是说跟你无关?"

聂锋就这么坐着盯着他。磨镜人本来就坐不安稳,聂锋双眼一瞪就被吓得直接跪了下来,双手举过头顶,头猛磕着地,像不觉得痛似的,邦邦有声。聂锋嫌恶地看着他,然后侧头笑了笑,在他面前抬抬脚尖。磨镜人茫然地抬头看着他,额头磕得血淋淋的。他厌烦地皱起眉毛。磨镜人瘪着嘴露出了像是委屈的表情,跪着的磨镜人就像个小孩一般大。聂锋脸转过去,"行了,你起来老实说话。"

聂锋说:"谁叫你给画的?"磨镜人双手包裹着自己的头,然后朝身上比着曲线。聂锋冷笑一声,"是个尼姑是不是?"磨镜人点点头。聂锋心里想:她是巴不得要我快死呢,只是不知道是大的还是小的做的。他心里气起来,为着自己的一再宽纵,哪知道这五月子真是来索他的命?! 磨镜人指着这幅画伸长了手臂,双手又合十贴在耳边,然后浑身颤抖。聂锋说:"你放在家里也是成天发梦?"磨镜人点点头。

这样挂着,梦也能梦死个人。

聂锋一肚子的明火都燃起来了。他直接站起来,高声地把仆人叫进来,让去请了神婆。神婆做起法术,提起火折子把画点燃了,她手拎着四处翻舞。火纸片扑到他面上去,他吓了一大跳,袖子一挡,画卷撕裂为二地落到地上。虽然已经变黑,但依稀还能看得到人形,辨得出和他别无二致的轮廓。聂锋用袖子摩擦着烫伤的面颊,有些手足无措地看着神婆,神婆恭恭敬敬地做出请他踩的姿势,他于是整整衣冠,恶狠狠地踩了。神婆烧了符纸,混在一起,装进了小木盒里,广袖一晃,郑重地摆在了桌旁的神龛上。聂锋问:"还要留着吗?"神婆低着腰碎碎念,"留着驱驱小鬼,家宅才能平安。"聂锋唔了一声,补充说:"当然我是希望它留着的。做个念想。"神婆说:"将军老爷可以安睡了。"

这样认真地闹了好大一番阵仗,所有人都心怀鬼胎地退了出去。

聂锋支仆人把神婆和墨镜人送出去。聂府庭园极广大。走到庭院里，神婆忽的停了下来。仆人催促两句，神婆抚抚耳边灰白的头皮忙不迭地跟上。领了赏钱，磨镜人和神婆道谢，从偏门走了。偏门外看得到一株极大的石榴花直伸到墙外的枝叶，花红得紧密，一大簇一大簇，风一吹像是受了惊，随时都要掉落下来，显得战战兢兢……一溜的榴花像是房檐的瓦一样排列着。千叶石榴，只开花，不结果。

磨镜人和那神婆在花下走着。神婆广袖一挥，手中出现了一个隐隐震动的小木盒。她又一次抚着耳畔的头发，说："可怜了真真。"

神婆看向磨镜人，磨镜人却也不佝偻了，直起了身子，忽然张口，"真真也守了这许多天，算尽心了……与你们纠缠这许多天，我还是今儿动手，摘了聂锋的人头。"他声音很难听，像车轴滚动一样又硬又低沉，"我织个好梦给他，瞧他担惊受怕这些天。"

神婆把盒子收起来，笑笑，"这次较量还是你赢了。僵持那么些天。我带真真回去。"

磨镜人安抚道："能防得住我这些天，隐字派已在江湖上恢复了旧望。"

神婆的袖子抖动起来，她停了停，拍了拍袖口，喟叹道："真真可要伤心哩。"

他们并肩走着，一一撕下脸上的面皮。路旁的行人都看不见似的，只顾着谈论这几日将军府的来往刀剑出神入化。他们消失在榴花盛开的尽头，离开了这个幻境般的地方。

聂锋在房间里最后看了一眼画取下来后的白墙。

他走到神龛前，虔诚地上了一炷香——真真总可以算是彻底地死于那个雷雨夜了。火花熄灭，他将香插稳。神龛旁装着灰烬的小木盒倒映着红色的点点光芒。聂锋低头看着，隔着一个手臂的距离。他想他死了以后或许可以带着它下葬——或者葬在妻子的手边。他可以花大价钱给它找个漂亮的掐丝嵌珐琅的盒子，甚至是白玉的呢。

聂锋吹灭了烛火上了床。他太累了，太需要睡一觉了。

图书在版编目(CIP)数据

我在度过这深夜/贾彬彬著.—上海:上海人民
出版社,2014
ISBN 978-7-208-12356-4

Ⅰ.①我… Ⅱ.①贾… Ⅲ.①短篇小说-小说集-中
国-当代 Ⅳ.①I247.7

中国版本图书馆 CIP 数据核字(2014)第 119638 号

出 品 人 邵 敏
总 策 划 臧建民 于建明
执行策划 零杂志
责任编辑 林 岚 陈 蔡
技术编辑 汤 靖
封面插画 楚 瑜

世纪文睿出品

我在度过这深夜
贾彬彬 著

出 版 世纪出版集团 上海人民出版社
(200001 上海福建中路 193 号 www.shsjwr.com)
出 品 世纪出版股份有限公司 上海世纪文睿文化传播分公司
发 行 世纪出版股份有限公司发行中心
印 刷 启东市人民印刷有限公司
开 本 889×1194 毫米 1/32
印 张 5.75
字 数 135,000
版 次 2014 年 8 月第 1 版
印 次 2014 年 8 月第 1 次印刷
ISBN 978-7-208-12356-4/I·1270
定 价 25.00 元